アイラ
シズマ
ユリア
（10歳）
ジル
Characters

フェル
ペルナ

「おねーさん、これ1つ
欲しいんだけど、いくらかな？」
私は今、王都の雑踏を自由に散策している。
髪を短く切り、上質な男物の服を着て、
腰には短めのショートソードを差していて、
一見するとどこかの貴族の子息に見える
ファッションだ。

攻撃魔術の使えない魔術師

~異世界転性しました。新しい人生は楽しく生きます~

2

絹野帽子
イラスト：キャナリーヌ

Contents

攻撃魔術の使えない魔術師

～異世界転性しました。新しい人生は楽しく生きます～

Prologue

プロローグ

今日も夜空で双《ふた》つの月が、美しい輝きを放っている。

大きい月をディナ、小さい月をルナと呼び、それはそのまま双子である月精霊の名前となる。

大きい月の月精霊《ディナ》は『夜の調停者』と呼ばれていて、平穏や安息を司《つかさど》っている。子守唄《こもりうた》を歌っている逸話を描いた絵などが、ホテルのロビーなどに飾られることが多い。

小さい月の月精霊《ルナ》は『夜の裁定者』と呼ばれていて、契約や誓約などを司っている。この世界で、なにかの約束をするときは「ルナの名の下《もと》に」と言うのがお決まりのセリフだ。

前世で例えるなら、「指切りげんまん」と口にするような感じで使われる。

私は高度を落とし、最近は降り慣れてしまったバルコニーへと着地した。

そして、飛行と姿隠しのルーン魔術を解除する。

いつもならば、彼のほうが先にいて、私のことを待っているのだが……。

カチャリと扉が開いて、雪のような透き通った純白の髪が特徴的な少年がバルコニーに現れた。

実年齢は十歳だが、外見からは十二歳の中学生くらいに見える。

その片手に茶器をのせたお盆を持っていた。

「もう来てたのか、ユーリ。すまない、待たせてしまったか？」

「いや、ちょうど今到着したところだよ。それよりもそれは？」

「そうか、それはよかった。ああ、珍しいお茶の葉をもらったから、ユーリと一緒に飲もうと思ってな。この間、美味《おい》しいと言ってくれた菓子も用意しているぞ。だから機嫌を直してくれ」

バルコニーには、小さめのテーブルと二脚の椅子が設置されている。

すっかり馴染《なじ》みになってしまったその席に座った。

「別に少し待ったくらいで怒ったりしないよ。そもそも、そういうのを気にする集まりでもないしね。ところで、君は私のことを食いしん坊だと思っていないかな？」

「違うのか？」

「一度、フェルとは私のイメージについて、じっくり話し合う必要がありそうだね」

笑いながら言ってくるフェルに、ジト目でプンプンと言わんばかりの声で応える。

今ここにいるのは、ユリアでもないし、フェルネでもない。

ユーリと呼ばれている私とフェルと呼んでいる彼による二人だけの秘密のお茶会。

この奇妙な会も今回で五回目になる。

三日ごとに開かれているから、フェルと知り合って一巡りとちょっとになる。

「だって、ユーリの話題は、今日は初めて何々を食べたとか、屋台で買った何々が意外と美味しかった、から始まるじゃないか」

……確かに、前回も前々回もそんな感じで話し始めたような気がする。ええい、細かい男め。

「うっ、最初は無難な話題を選んでるだけだよ。今日もいい天気ですね、みたいな」

「そうか？　その割には食べ物の話のときは、いつも熱心だけどね」

貴公子然としたフェルが、柔らかに笑うと年相応の無邪気な子供そのもので、絵画の天使のような笑みだ。

これは、ブロマイドにしたら売れそうだな。と、どうでもいいことが脳裏をよぎる。

「……食べ物を美味しく食べられるのは、幸せなことなんだよ？」

「ぷっ……あははは、まさに食いしん坊の言葉だよ、それは……あははは……」

私の言い方がツボにハマったのか、ふてくされる私に遠慮なく笑う。

その笑い声は、本当に心から笑っていることがわかる。

私とは別の意味で、大人にならざるを得なかった少年を見て、怒る気持ちにはならず、まぁ、いいかという気分になる。

「それで、そのお茶はご馳走《ちそう》してくれないのかな？」

「くくくっ、まぁ、今淹《い》れるから少し待ってくれ」

ヤカンからティーポットにお湯を移し、待つこと二分ほど。辺りにお茶の芳香が漂いだす。

フェルがティーポットを傾けて、お互いのカップに琥珀色の液体を注ぐ。

「高そうなお茶だね……」

「さぁ？　値段は気にしたことがなかったな。でも、美味しいお茶であることは保証する」

飲むように視線で勧められ、一口すする。

お茶の良い香りがそのまま口に広がり喉に滑り落ちていく。口の中に変な後味が残るわけでもなく、すっきりとしている。

「美味しい……」

「そうか、よかった。茶葉は、たくさんもらったから気にせず飲んでくれ」

しばらくは無言でお茶と、お茶請けに出してもらったパウンドケーキのようなお菓子をモグモグと楽しむ。ケーキはブドウやイチジクなどの実を干したものが混ぜ込まれている。

お高いお茶に、これまたお高そうなケーキがよく合う。

しかも、夜にオヤツを食べているという背徳感もまた美味しさのスパイスになっている。

いくら食べても太らない成長期の身体に感謝。

「さて、前回は何の話をしてたっけ？」

お茶を二回ほどお代わりし、お皿にのっていたケーキも半分になってから、私は口を開いた。

「使用人に剣術の使い手がいて、弟子入りをしたという話だったな。今日はまず、その稽古内容について話してもらおうか」

そうだ、弟妹が生まれた話をして、ロイズさんに剣術を習いだしたあたりまで話したのか。

剣術を習い始めた理由は、護身用とか言ってボカしたけど。

「稽古ね。あんまり面白い話でもないと思うけど？」

「ユーリの話なら何でも面白い、話してくれ」

大人びているといっても男の子なのだろう、剣術に憧れがあるようだ。わからなくもない。

テーブル越しに、光の加減で虹色石《オパール》のような色合いを見せる瞳が私を見つめる。

フェルがそこまで聞きたいならば、面白くもなさそうな基礎稽古の走り込みと素振りの話からしてやろう。

しかし、王都での新生活が始まった当初はこんなことになるとは思ってもいなかったな……。

私は王都の新しい屋敷に到着した日のことを思い出す。

攻撃魔術の使えない魔術師

～異世界転性しました。新しい人生は楽しく生きます～

Chapter 1

バーレンシア本家と
虹色石《オパール》の瞳を持つ少年

私、ユリア・バーレンシアは転生者だ。

それを自覚したのは、七年前の三歳の誕生日だった。

前世は、一般市民で男子大学生だったのが、気づけば剣と魔法の世界で男爵令嬢になっていたんだから、色々と思うところはたくさんあった。

それから、この世界は私が前世でやり込んでいたゲームの世界によく似ており、それどころか、ゲームで使っていたルーン魔術と呼ばれる魔術を使うこともできた。

私はルーン魔術の訓練をすることにした。今生のお父様であるケイン・ウェステッド・バーレンシア男爵とその妻で、つまり今生のお母様であるマリナ・バーレンシア男爵夫人にも内緒で。

そして、五年前にお母様が妹のリリアと弟のリックの二人を出産するときに、お母様が意識不明になる事件が発生し、私はとっさにルーン魔術を使って助けた。助けたことに後悔はないが、それがきっかけで家族へ転生者であることを告白することになった。

両親は、そんな私を受け入れてくれて、告白する前以上に二人の子供として可愛《かわい》がってくれた。

前世のせいで、娘扱いされるのはちょっと照れくさくもあったが、家族というものに憧れがあった私は、徐々にそれを受け入れ、ユリアとなってきたと思う。

「お嬢様、もうすぐ着くぞ」

そう、声をかけてくれたのがロイズ・コーズレイトさん。五十歳近い渋みのある小父《おじ》様で、バーレンシア男爵家の使用人で、家宰ともいえる立場にある。家の雑事を取り仕切る役目を担っていて、お父様やお母様の良き相談相手でもある。

もうひとりの使用人がアイラ・コーズレイトさん。見た目は二十代半ばだが、実年齢は二十歳。その名字からわかるように、ロイズさんの家族で、娘ではなく奥さんだ。三十歳近い年の差夫婦となる。それも、アイラさんから熱烈にアプローチをした結果なのだからすごい話《ドラマ》である。

「ボス、人と家がいっぱいでスゴい！」

私のことをボスと呼び、馬車の隣の席で無邪気にはしゃぐ美女の名前は、ジル。その正体はプラチナウルフと呼ばれる狼《おおかみ》の霊獣で、五年前に怪我《けが》をしていた子狼のジルを私がルーン魔術で助けたのがきっかけだ。つい先日、人型に変身する魔法が使えるようになり、今は人間のマナーを勉強中。お父様の仕事の都合で、私たちは十年間暮らしていたウェステッド村を離れ、王都のラシクリウスに引っ越すことになった。そして、今新しい家に到着したところだ。

新しい家は、敷地こそ狭くなったが、建物自体はウェステッド村の屋敷よりは大きくなった。八人で住むには十分な広さがある。

というか、狭くなった敷地でさえ、前世の基準で考えると豪邸といえる広さなんだけどな。

すっかり、十年間住んだ屋敷の広さに感覚がおかしくなっていたようだ。

剣術の稽古をしても、ご近所さんに迷惑にならないくらい広い庭もある。

家の中は、いかにも新築ですという新しい香りに満ちていた。

柱や家具に使われている木材、乾いたばかりの土壁、石のタイルや暖炉のレンガ、油で磨かれた金属……人がまだ住んでいない家の匂いがする。

「とりあえず、一通り荷物を下ろして休憩したら、日が落ちる前にバーレンシア本家に顔を見せに行こうと思う。多分、食事は向こうで取ると思うから、そのつもりで……まずは家の中を説明しようか」

お父様が、それぞれの部屋を説明していく。一階には居間と応接室、食堂、台所の他、パーラーなどの多用途に使えそうな部屋がいくつか。屋敷の裏手側は使用人用の部屋となっているようだ。ロイズさんとアイラさんに中くらいの部屋が一つ、ジルには小さめの個室が一つ与えられた。

そして……、

「「「おお～～」」」

なんと前の家と変わらない、いや、むしろ洗い場が一回り広くなった浴室が備えられていた。

グッジョブ、お父様！　しばらくは甘えんぼうな娘モードになってあげよう。

二階は、両親の部屋と寝室、お父様用の書斎、子供それぞれの部屋、物置、それ以外が客室のようだ。ただ、家族用の部屋と客室を行き来するには一度階段を下りて、一階を経由しないといけない造りになっている。

双子は、今まで両親と一緒の部屋で寝ていたから、初めての一人部屋に興奮していた。

「お父さま、カーテンはピンクがいいな」

さっそくリリアがお父様におねだりをする。

リックは、ドキドキとワクワクともじもじが混じったような反応。う～ん、可愛い反応なんだけど、リリアに負けないように、もうちょっと自己主張できるようになってもいいかな。

私の部屋は、双子の部屋にはなかった大きな机と本棚が備えられていた。

だいぶ好みがわかっているのだろう、家具は全体的にシンプルで機能性を重視したタイプだ。うん、悪くない。

新しい家を一通り探索し終わった後、食堂で遅めの昼食とお茶で一息つくことになった。

さっそくアイラさんが新しい台所で用意をしてくれたようだ。

なんでも、竈《かまど》が使いやすくて、外の井戸まで出ていかなくても上水道が台所の真下を通っていて、内井戸のようになっているらしい。便利になったと喜んでいた。

「あれ？　グイルさんは？」

「ああ、借りてた馬車を返しに行かせた。ついでに辻《つじ》馬車を呼んでくるってさ」

「じゃあ、なんでハンスさんがここにいるの？　馬車は二台あったけど、グイルさんを二往復させるの？」

「ユリアちゃん……一応、おれって部隊の副長で、グイルをパシリに使っても怒られないくらい偉かったりするんだけど？」

「おうぼーなじょーしは、女の人にもてませんよ？」

覚えたての言葉を使ってみたい子供っぽく、可愛らしさ満載な声で言ってみました。

ハンスさんが精神的にショックを受けているようだけど、人間て心に疚《やま》しいところがあると真実を受け入れがたいんだよな、うん。

さて、本家に挨拶するため出発しようとしたとき、またジルが一騒動を起こした。

ジルも一緒に連れていってもらえると思っていたらしい。

「だから、ジルはロイズさんたちとお留守番！」

「ヤだ！　ジルはボスが一番好き！　ボスとイッショ！」

「ジルちゃん、お腹空《す》いてない？　良い子でお留守番するなら、すぐにご飯の用意をしますよ？」

「……アイラは二番に好き！　ボス、ジルはおうちで良い子でマってる！」

アイラさんがジルの扱いに慣れたのか、ジルが単純なだけなのか……。

結果オーライなんだけど、こう、どうにも釈然としない……。

さて、実は双子だけでなく、私もお祖父《じい》様と会うのは、初めてだったりする。

お父様の話を聞くに「仕事人間」という言葉が当てはまるタイプで、日々こなしている仕事の量も多く、ウェステッド村を往復するほど長期の休みが取れないのだろう、と言っていた。

お祖父様のことを語るお父様の表情は、色々な想いを含んでいるように見える。

バーレンシアの本家で最初に私たちを出迎えてくれたのは、執事のおじいさんとルヴィナ・バーレンシア侯爵夫人、つまりお祖母《ばあ》様だった。

「おかえりなさいケイン。マリナさんもお久しぶり。あらあら、可愛いお子様たちね。わたしにお名前を教えてちょうだいな」

両親が再会の挨拶をし、私と双子が初対面の挨拶を終えると、中庭に面したテラスへと通された。

お祖母様は、白が混じり始めたブロンドに青の瞳にふっくらとした体型で、ウェステッド村のおばちゃんたちを思い出させる普通な感じの女性だった。ただ、言動の端々に品の良さを感じる。

その見た目のイメージに外れず、お祖母様はお喋《しゃべ》り好きなようで、次から次へと話が転がる。

最初は真剣に聞いていたが、途中からはお母様に任せて、双子と一緒にお茶菓子をつまんでいた。

お茶を楽しんでいると、そこへお父様のお兄さん夫妻、私にとって伯父《おじ》と伯母《おば》にあたる男女がやってきた。

カイト・バーレンシア準侯爵とフラン・バーレンシア夫人。

ラシク王国の貴族の地位について簡単に説明すると、偉い方から順に王国の長である王から始まり、副王、王太子、次太子、三太子、末太子の六つの王位と、公爵、侯爵、伯爵、子爵、男爵、騎士爵の六つの爵位があり、六王位六爵制と呼ばれる。

準侯爵のように「準」がつくのは、正式な爵位の継承者と次期当主を意味している。バーレンシア準侯爵というのは、次のバーレンシア侯爵であり、バーレンシア本家の当主を継ぐ予定の人物であることを示している。

身近な例で言えば、実は私が、暫定的にユリア・バーレンシア準男爵であったりする。

またロイズさんも騎士爵を持っているので、れっきとした貴族階級だ。ただし、騎士爵の世襲、つまり子供への爵位の引き継ぎは認められていないので、準騎士爵という呼び方はない。

さて、その伯父様は、確かお父様より三つ年上だったはずだから、今年で三十四歳。

淡いシルバーブロンドと青い瞳、全体的なパーツはお父様と似ているが、体つきはお父様をさらに細くして、目を細く吊《つ》り上げてキツめな感じ、一言で表すと神経質そうな高級官僚《キャリア》？

その奥さんのほうは、見た目は二十代後半くらい。美しいブロンドの長い髪に、神秘的な濃紫の瞳をしている。

よく言えば儚《はかな》げでいかにもな深窓の令嬢、悪く言うとオドオドとした態度がまるで人見知りをする子供のような人だ。静かで、どこか体調が悪そうな雰囲気である。

伯父は楽しそうにお父様と政治の話をしているし、伯母もしばらくして緊張が解けたのか双子の話を根気強く聞いて相手をしてくれるあたり、私の伯父夫婦への印象は良い。

一刻半《約三時間》ほどして、日が暮れ始めた頃、屋敷の当主のカインズ・バーレンシア侯爵が帰宅した。

整髪料でバッチリ固めたシルバーブロンドと深い青の瞳。お父様や伯父様が歳を取ると、こうなるのだろうと思わせる容姿だった。

お父様に似ているということは、私にも若干似ているということでもある。

「父さん、久しぶりです」

「ご無沙汰しておりました。お義父様《とう》」

「はじめまして、お祖父様、ユリアと申します」

「リリアともうします」「リックと申します」

「うむ、よく来た」

お祖母様とは逆でお祖父様は口数が少なく堅苦しい人、というのが第一印象だった。

そして、その爆弾は、食事の途中にお祖父様の口から投下された。

「ふむ……少々引っ込み思案のようだがなかなかに利発そうな子だ。文官としてなら大成するだろう。カイト、リックをお前の養子として本家に迎えろ。ケインもいいな」

「「「!?」」」

「なっ!?　父さん、その話はすでに断ったはずです！」

静かだった食堂が一気にザワザワと騒がしい雰囲気になる。

「ケインが否と言おうが、私が下す決定とは別だ。そもそもこの話を断るヤツがどこにいる。男爵ではなく本家の侯爵を継げるのだから、リックの将来にとって悪い話ではなかろう？」

「兄さんからも、言ってやってください！　確かにまだ兄さんたちには子はいないかもしれないけど、まだ兄さんも義姉《ねえ》さんも若いじゃないですか」

「……………ケイン、しかし、父さんの意向はバーレンシア家の意向だぞ」

「兄さんっ!?　当主の意見が最重視されるのは古くからの伝統ではありますが、それが絶対であったのは王国初期の時代、二百年以上前の話ですよ!?」

珍しく大声を張り上げたお父様を内心で応援する。細かい話はわからないが、お父様の意思を無視しているのならば、お祖父様の味方をする義理はない。

当事者であるリックは、急に自分が注目されて怯《おび》えてしまっていた。

私がその手をそっと握ると、リックが私のほうを振り向いたので、微笑《ほほえ》んでやる。それだけでもリックの怯えた顔がちょっと和らいだ。

「まぁまぁ、ケインが大声を出すなんて珍しいわね。……あなたも、そんな食事が楽しめなくなるような話は控えてくださいね」

「ふむ……まぁ、いい、この話はまた今度だ」

「………………」

その場はお祖母様の一言で収まったが、食事後、出されたお茶を一口も飲まずに私たちは本家の屋敷を後にした。

初日に騒動があったものの、それ以外は何事もなく王都に到着してから五日が経《た》ち、新しい生活に徐々に慣れてきた。

お父様は新しい職場が忙しいのか、以前よりも帰宅が遅くなったが、晩ご飯までにはきちんと帰宅している。

森の中の屋敷で暮らしていた頃と変わらないような穏やかな日常が始まっていた。

そう、せっかく王都にやってきたというのに、街の探検どころか、屋敷の門から外に出ることが禁止されているのだ。

お父様は、あの日のお祖父様の発言について、何もなかったかのように振る舞っている。

私は、その間にわかっている情報をもとに推測と現状の整理をしてみた。

まず、あのときの会話から思いつくこと。

伯父夫婦に何かしらの問題があって子供がいない、もしかするとできないのかもしれない。これが今回の問題の出発点だ。

子供がいないとバーレンシア家の直系が途絶えてしまうため、伯父夫婦は養子を迎えるという手段を取らざるを得ない。

そこへ、傍流に男児が生まれたという話があった。

伯父夫婦にとっても血は直接つながっていないとはいえ、伯父から見て血を分けた弟の子供だ。家の継承を目的として養子にするとしたら、これほど良い条件はないかもしれない。

貴族の位についてちょっと調べてみたが、男爵と侯爵では、確かに待遇も権力も格段に違う。

一例を挙げれば、継承権の自由。

侯爵だと王国の認可を受けずに個人の意思で後継者を選ぶことができるが、男爵の場合は当人が勝手に選ぶことができない。

基本的には長子が選ばれるが、男爵の継承には王国への届け出と認可が必要となる。

私が「暫定的」にバーレンシア準男爵である理由がこれだ。

他にも統治権の違いと収税権の有無。

侯爵には王国から領地を割り振られ、その土地を統治することで、その土地から徴収される税の何割かを直接収入として得ることができる権利がある。

男爵にも土地を統治する権利はあるが、税のすべてが一度王国のものとなり、王国から俸禄《ぼうろく》という形で収入を得ることになる。もちろん、男爵でも自分の領地の統治以外に、農業や商売などをやれば、直接収入を得ることは可能だが、それは爵位には関係のない個人の活動なので別とする。

わかっている情報からなんとなく推理するに、愛妻家で子煩悩な父親の性格は、あのお祖父様の性格や言動の裏返しなのだろう。

前世で読んでいた小説や漫画からの知識を含めた上での推理だけど、当たらずとも遠からずって感じだと思う。

ただまず、どんな形であれ、どうすればリックが幸せになれるか、だ。

そこが一番大事であることを忘れちゃいけない。もちろん、リックに限らずリリアもだが、二人とも、あの日に私が守りたいと願った大切な弟妹《かぞく》だ。

お祖父様の話を受けた場合のメリットは、リックの将来が安泰であろうこと。

ただし、私たちと一緒にいる時間は確実に減るだろう。今でも十分に勉強しているが、侯爵を継ぐとなったら、また別の勉強が必要になるかもしれない。

伯父夫婦には大事にしてもらえると思う。それにお互いが生きている限り、本気で会おうと思えばいつでも会えるはずだ。

「お姉さま、ぼくはよその家の子になるんですか？」

「他所《よそ》の家といっても、お父様のお兄様の子供だよ。向こうの家のほうがお金持ちだから、色々美味《おい》しいものを食べられて、好きな本とか買ってもらえるかもね。リックは、どう思う？」

「お父さまやお母さま、お姉さま、リリアと別れるのはいやです。でも、おじさまとおばさま、おばあさまは、きらいじゃありません。おじいさまは、……ちょっとこわいです」

私は思わずリックの頭を撫《な》でてやる。いや、ほんといい子に育ったな。

幸い同じ部屋の中には私とリックしかいない。

だからこそ、リックもこのタイミングで話を切り出したんだろう。めっちゃかしこい。

「私は、まずリックがどうしたいのかが一番大事だと思ってる。次に、お父様の気持ちかな」

「お父さま……」

リックは聡《さと》い子だから、食事のときのお父様の言動が気になっているのだろう。

お父様はめったに声を荒らげない人だから、あの夜のことは私たちの印象に強く残っている。

「これだけは言っておくけど、私以外の家族もリックのことが大事だと思っているよ。お父様だって、リックが本気でそうしたいと思うなら、迷わずに送り出してくれる。わかってるよね？」

「うん……でも、ぼくは、どうしていいのかわからない……」

「ああ、ごめん。今すぐ答えを出す必要はないから、リックが十分悩めるだけの時間は私がどんな手を使ってでも作るから、大丈夫だよ。そもそも、伯父様夫婦に子供ができれば、なくなっちゃうような話なんだから。リックはそこまで気にしなくたっていいんだよ。また気になることがあれば、私に相談しなさい」

「はい。お姉さま、話を聞いてくれて、ありがとうございます」

そう言いながら、照れくさそうな笑顔を見せる。

私が思わず抱きしめて、可愛がりまくったのは仕方ないことだと思う。この姉殺しめ。

と、まぁ、リックには心配かけないようお姉さんぶってみたものの。

私自身のモヤモヤはスッキリしないわけで……。

深夜、ベッドから身を起こして、寝間着からシャツとズボンのラフな服装に着替える。

窓を開けると、昼間よりもマシな温度の風が吹き込む。

「《ティス モァームナ ゼエス テァール《躯はは見えざる皮を纏う》》、《ウィス リァート フィスロァース《風を駆けるは空を》ドォレ・ド・フェス《舞う竜の翼》》……よしっ」

では、ストレス解消にちょっぴり夜遊びへ行ってきます！

自由意志による単身飛行。

前世の世界でもっともそれに近づけたのは、古典的ではあるがハンググライダーだったのではないだろうか。

この世界は違う。魔法という名のルール破りの技がある。……いや、魔法がある世界で魔法を使っているわけだからルールには従っているのか？

ともあれ、私は地上から五～六《五〇〇～六〇〇》キルテ《メートル》付近の高さを飛んでいた。

この高さを前世で例えるなら、一〇〇階前後の超高層ビルと同じくらい。一般的にヘリコプターが飛ぶ高さがこれくらいだったはずだ。

姿隠しのルーン魔術も併用しているため、普通の人には気づかれない自信がある。

この姿隠しの魔術は、過去の実験ではロイズさんの目の前を歩いても一応バレなかった。

一応とつくのは、そのときは普通に忍び足で歩いていたため、足元の微《かす》かな凹《へこ》みのせいでバレてしまったからだ。姿が見えていたわけではない。

夏で気温が高く、それほど速度を出していないが、寒いときやもっと高速度で飛ぶときは、防寒や風圧対策のルーン魔術も使う。

今はちょっと強めの冷たい風が頬《ほお》に当たるのが、また気持ちいい。

飛行の魔術を初めて使ったときはかなり緊張した。

この世界には存在する有翼系の人は例外として、人間は空を飛ぶ生き物じゃない。

最初の頃は、大丈夫だと思いながらもわずか三メルチほどの高さをフヨフヨと浮いていただけであった。

それが、今では地上から五キルテ離れた空を飛びながら、のんびりとリラックスしている。飛行することの恐怖も、繰り返しの訓練で慣れることができた。

飛行には慣れたが、この空を飛ぶ爽快感は、何度飛んでも飽きないくらい気持ちがいい。

前世ではスカイダイビングのことをなんてマゾな趣味だと思っていたが、ハマる人がいる理由も今ならわかる。

しばらく夜空を飛び続けた私は、空中で止まり、浮かびながら寝転がった。

眼下に王都の夜景が広がっている。ポツポツとした明かりは民家のものだろう。

ところどころで、明かりが強く輝いている場所もある。

貴族街の明かりが集まっている場所では、夜会が行われているのだろうか？

あと四〜五年もすれば、私もデビューすることになるだろう夜の宴《うたげ》は、面倒そうではあるが、ちょっぴり楽しみだ。

それから、商業区画の何ヵ所かに派手な明かりがついている。

多分……酒場とか、そういうお店が軒を連ねる繁華街だろう。

仰向《あおむ》けになれば、夜空に数多《あまた》の星が散らばっていた。

排気ガスや工場の煙に汚されていない澄んだ空気。この世界の夜は美しい煌《きら》めきに満ちている。

空中飛行は、水中を泳ぐのと似ていると思う。

あくまで似ているだけで、空には水のような重たさはない。

水ならばプカプカと浮くが、ルーン魔術による飛行はシッカリ安定しているので、変に揺れることはない。

えーと、硬い布製のハンモックの感覚が近いかもしれない。硬い布製のハンモックがわからないなら、太陽に干していないぺしゃんこな布団に横になったような、そんな感じだ。

さて、しっかり気分転換になったし、そろそろ戻ろうかな。

ゆっくりと高度を落としていく。

私が違和感に気づいたのは、屋敷の屋根の高さまで降りてきたときだった。

二階に見覚えのないベランダがある。そもそも、家の形がちょっと変わってしまったような？

……そんなわけはない。

つまるところ、自宅に向かっていたつもりが、見当違いの場所に降りてきてしまったようだ。

これはいわゆる迷子だな、はっはっは……しょうがない、探知のルーン魔術を使うか。

対象は、ジルがわかりやすくていいかな。

「キミは、そこで何をやっているんだ？」

は？　声が聞こえてきたベランダのほうを見る。

と、いつからそこにいたのか、前からいて私が気づいていなかっただけなのか……闇からうっす

らと浮かび上がるように立つ、白い影みたいな少年と目が合った。

……姿隠しのルーン魔術はまだ解除していないよな？

思わず、自分の後ろを振り向くが、私の後ろには誰もいない。お星さまが綺麗《きれい》。

「なるほど。姿隠しをしているのか……残念ながら、それはボクとは特に相性の悪い魔術だな」

今、なんて言った⁉

もしかして、こっちの心を……。

「別に心を読んだわけじゃない。キミが隠そうとすることがボクにはわかるだけだ」

隠し事がバレる？　おいおい、ジョニー、それは本当かい、困っちゃうよ、私は隠し事の塊じゃないか？

いや、誰だよ、ジョニーって……前世でたまに見てた古い料理番組のアシスタントだっけ？

魔術？　だとすれば、私の抵抗値を突破できるほど強力な魔術の使い手？

同い年くらいに見えるが……むしろ、魔導か古代帝国のマジックアイテムを警戒したほうがいいか。

マジックアイテムだとすれば、こんな子供に持たせておく可能性は低い。となると、【先天性加護】の一種？　該当するようなのあったかな。

さて、変なことがバレる前に逃げるか……。

「待ってくれ‼」

私が逃げ出す雰囲気を悟ったのか、ん？

なんで「逃げるな」じゃなくて「待ってくれ」なんだ？

少年のほうを見ると、なんだか必死そうな顔なんだけど……。

「途中からキミのことがわからなくなった。キミはいったい何者なんだ？」

「別に怪しい者じゃない、って言うほうが怪しいよね。えっと、…………迷子？」

「ただの迷子なのか？　ボクを暗殺しに来た刺客とかではなく？」

「あ、暗殺……？」

物騒な単語が聞こえたよ。うわ、関わりたくないな。

「ふむ、面白い……キミ、ボクと友達になってみないか？」

「なんでっ!?」

いや、ほんとに、なんで？

暗殺者と仲良くなりたいお年頃だったりするの？

「うん？　あえて言うなら、キミがボクのことをよく知らないみたいだからか？」

「というか、隠し事ができないとか、そんな相手と一緒にいたいと思う？」

「そのことなら、安心しろ。途中からキミが、何を隠しているかがわからなくなった。だから、興味深い……なぜ、ボクの能力が通じなくなった？　魔術か？　それとも何か特殊な技か？」

「いや、そもそも、キミの能力なんてよく知らないし……急に隠し事がわからなくなったとか言われても、判断に困るよ」

逃亡は諦めて、改めて少年と向き合う。といっても、こちらが空を飛んでいるぶん、見下ろすような格好になっているけど。

「うん、面白いほどにキミの隠し事がわからないな。キミの名前は？」

「え？　ユ、リ……っと」

「ユーリ？　本名なのか？　女みたいな名前だな」

「いや、本名じゃないけど。というか、私は女の子なんだけど」

「本名じゃない？　つまり、偽名なのか……面白い。面白いな、それ。こう秘密の友達っぽくていい。それじゃあ、ボクのことはフェルと呼んでくれ。ちなみに、わざわざ女の子だなんて下手な嘘《うそ》をつかなくてもいいぞ」

「いや、この服は男モノだけど、動きやすいからで……なんなら、脱いでみせようか？」

「え？　ほんとに女の子なのか？　って、脱ぐな！　わかった、信じる、信じるから！」

ふっ、勝った……って、なんで、私は見ず知らずの少年の前で服を脱ごうとしているのかな。深夜の勢いって怖い。

「キミには恥じる心というものはないのか？」

少年……フェルだっけ？　が呆《あき》れたような目をしている。

いいじゃないか、別に減るもんじゃないし、脱いで困る歳でもあるまいし。

「というか、キミって何歳？　なんだか、妙にませてるけど」

「今年で十歳になったたな。というか、キミも人のことは言えないと思うが」

「え、嘘、同い年なの？　キミって苦労してるでしょ？　だから、そんなにませてるんだ、きっと」

二つか三つくらい年上だと思ったんだけどな。

アレか、自分と違う国の人の歳はわかりにくい、みたいなものか？

「苦労か……まぁ、苦労しているといえばしているな。この能力のせいで、知らなくてもいいことばかり知ってしまう」

「その能力って、結局なんなの？」

「ん？　ボクが教えると思うか？」

だよね。なんか、ノリで答えてくれるかなとか思ったんだけど。

「【夢夜兎《ドリームナイツラビット》の加護】……瞳に映った相手が隠していることを知る魔導だ。欠点は太陽の光の下では効果がないこと。それから、この力は無意識に発動されるため、同時に多くの人を見てしまうとヒドい眩暈《めまい》と吐き気を起こすことになる」

「え？　答えてくれるんだ？」

【夢夜兎《ドリームナイツラビット》の加護】か、ゲームでも聞き覚えがないけど……ドリームナイツラビットって幻獣じゃなかったっけ？

うわ、私と同じ【幻獣の加護】持ちってことか!?

「ああ、友達になった記念だと思ってくれ」

「ふ～ん……って、いつのまに友達になったのかな？」

「ボクが友達になってくれ、と言ったときに断らなかったじゃないか」

すごい自己中心的な理論が返ってきたぞ!?

「キミさ……ワガママだって言われるだろう」

「今まで言われたことはないな……面と向かっては、だが」

つまり、本音ではワガママだと思われているのを隠されているせいで逆にバレバレってことか。

「ところで、そろそろ降りてきてくれないか、この体勢で話をしているとちょっと首が疲れる」

「…………」

なんだか、警戒してたのがバカらしい気がする。私はフェルがいるベランダに降りて、かけていた魔術を解除した。

フェルに近寄って気づいたが、彼は髪だけでなく瞳の色も白っぽく、虹色《オパール》に輝く石のように光の加減で色合いが変化している。

そして、そのまま彼に誘導されて、ベランダに備え付けられたテーブルの椅子に向かい合わせで座る。

「ところで、さっき暗殺とか言ってたけど……いいの？　私みたいな怪しい人物と一緒にいて」

「構わない。暗殺というのも軽い冗談だ。もっともいつ暗殺者に襲われてもおかしくはないと思っているがな」

それはジョーク？　笑えないんだけど。

うーん、なんだろう。

十歳にしては貫禄がありすぎるというか、性格が渋いというか、……ああ、枯れてる、が一番しっくりくるな。

「それで？　友達になるのはいいけど、何がしたいのかな？」

「そうだな……まずは、お互いのことについて質問するというのはどうだ？　もちろん、質問の返答を断ってもいい、その場合は別の質問をする」

お見合いかな？

いや、お互いのことを教え合うというのは、対人関係の基本だし、お見合いに似てくるのかもしれないけど。

「それじゃあね……」

「待った。さっき、ボクの能力を教えたんだ。こちらから先に質問をさせてくれ」

「それもそうか。何が知りたいの？」

「さっきの空中浮遊といい、姿隠しといい、ユーリは魔術師なのか？」

「魔術を使えるのが魔術師というなら、私は魔術師だよ」

うん、ここが微妙なんだよな。ラシク王国には、職業としての魔術師がある。

分類としては「限定魔術師」と「公認魔術師」の二種類に分かれる。両方とも一定以上の魔術的な技能を有し、魔術師ギルドに所属していることが条件だ。

両者の違いは何かというと、簡単に言えば発動具の所持の有無となる。

前者は自前の発動具を持っておらず、国やギルドなどの団体と契約して所属することで、発動具を借りて業務に就く。そのため、契約をしている団体に対する強い義務や制限が色々と発生する。

大抵は魔術師ギルドから発動具を借りて、指定された仕事先に派遣されて働くことが多いらしい。

魔術師ギルドが仕事の仲介をすることになり、手数料も取られてしまう。

逆に後者は、自前の発動具を持っており、魔術師ギルドには籍を置いているだけの魔術師だ。

必ずしも魔術師ギルドに所属する必要はないが、所属しているほうが何かと便利らしい。わかりやすく身分や技能の証明になる。

公認魔術師でも限定魔術師のように、国やギルドと契約して業務に就いている場合が多いようだ。

ただ、限定魔術師よりも公認魔術師のほうが仕事の自由度が高く、また条件も良いので、多くの魔術師は自分だけの発動具を手に入れることを目標とするそうだ。デメリットは自前の発動具を壊したり紛失したりした場合、そのすべてが個人の負担になってしまう点。

そして私のような、魔術を使えるが魔術師ギルドに所属していない者は「魔術使い」と呼ばれるらしい。

魔術師ギルドに所属しないのは、別に違法ではないが、所属していない魔術師は無法者や厄介者という目で見られがちになる。実際にそういう魔術師が多いことも事実で、そのため「魔術使い」というのは蔑称に近い。

ちなみに、魔術を習い始めたばかりで、魔術師ギルドに所属できるだけの技術に満たない者もいるが、そのように修行の途中にあるなら「魔術使い」ではなく「魔術師見習い」と呼ばれるようだ。

「なんか含みがある言い方だな」

「じゃあ、次は私の番だね……えっと、好きな食べ物は何かな？」

「……なんだ、それは？」

「え？　やっぱりここは、ご趣味は？　とか聞いたほうがよかった？」

フェルからの追及を誤魔化すために、思わず適当な質問をしたが、変人を見る目をされてしまった。お約束は通じなかったか。

まぁ、なんだか、長い付き合いになりそうだし、別にいいじゃん。

「答えてくれないの？　それともこの質問には答えない？」

「特に好きな食べ物はない、あえて言うなら飲み物だが香草茶が好きだ。趣味は魔術学」

と思っていたら、律儀《りちぎ》に返答してくれた。

魔術学が趣味なのか。それもあって、魔術師である私に興味を持ったのかな？

「次はボクからだな。ユーリの好きな食べ物と趣味は？」

「おおっ、質問返しをされた。好きな食べ物は、お肉とお菓子。フェアリーカウのステーキとかプリンが特に好きだね。趣味は、ルーン魔術と剣術と料理を少々？」

「いや、ユーリの魔術って趣味なのか？　それとプリンって？」

今のところ、別にルーン魔術を使って仕事をしているわけじゃないので、趣味じゃなければなんだろう、習い事？　研究対象？

なんとなく、趣味というのがしっくりくるんだよね。

「さりげなく質問を増やしてない？　次は私の番だよね？」

「面倒になった。普通に話をしよう」

「…………まぁ、いいけど。ルーン魔術については、それで直接お金を稼ごうとは思っていないから、そういうのを趣味って呼ぶんじゃない？　ちなみにプリンっていうのは、ミルクと卵と砂糖を混ぜて加熱したお菓子のことだよ」

フェルとは半刻ほど話をしたが、なんだかんだで盛り上がった。結構楽しかったかもしれない。

特にフェルの魔術関係の知識は、たぶん大人顔負けで、ためになる。私の知識は、なんていうか、問題集を読んで答えだけを知っているような状態なので、解答に至るまでの基礎や背景などの情報はためになった。

その後、フェルの都合に合わせて三日後の夜に再び会う約束を交わして、私は家に戻った。

ちなみに、抜け出したのはバレなかったようだ。

翌朝になっても誰からも何も言われなかった。

Chapter 2

王都での新生活について

「ふぁ～……、んんっ！」

あくびをもたらした眠気を、伸びをして追い払う。

昨夜はフェルとの二度目の密会だった。お互いに慣れてきたのか、フェルが用意してくれたお菓子をつまみながら、最初から最後までダラダラと色々な話をしていた。

バタークッキーのようなお菓子で、木の実の粉が練り込まれているからか、とても香ばしく、サクサクで美味《おい》しかった。

今回の密会で一番印象に残っているのが、あの屋敷が言葉どおりの意味で、フェルのものであると知ったことだ。

両親は貴族街にある別の屋敷に住んでおり、フェルは一人暮らしというか、別居させられているらしい。屋敷には必要な数の使用人もいるようなので、一人暮らしというのは、正確ではないかもしれないが。

別居の原因は多分【夢夜兎《ドリームナイツラビット》の加護】のせいだろう。

人は生きている中で大なり小なり嘘《うそ》をつくし、隠し事をする。

たとえそれが血のつながった親兄弟でも話したくない、隠したいことはある。

【夢夜兎《ドリームナイツラビット》の加護】は、隠そうと強く思えば思うほど、そのことがはっきりわかってしまうものらしい。

結果として、フェルの両親は、【霊獣の加護】持ちの親という立場を利用していながら、フェルを飼い殺すようにあの家に閉じ込めているというわけだ。

その親は依頼を受ける形で報酬をもらって、フェルの能力を使っているとも聞いた。

以前から、様々な人物の秘密を暴いていたそうだ。

フェルが大人びてしまった理由がわかってきたかもしれない。将来が心配になる。といっても、夜の話し相手になるくらいしか、私が彼にできることはないけど。

私は今、王都の雑踏の中にいた。

数度にわたるおねだりにより、やっと屋敷の外に出る許可をもらえたのだ。

門限付きだが、お供もなしに一人で王都を自由に散策している。

上質な男物の服を着て、腰には短めのショートソードを差していた。

一見するとどこかの貴族の子息に見えるファッションになっている。

この姿なら、よほどの相手でなければ、絡んでくることもないだろう。面倒事に巻き込まれないようにする対策だ。

念のため、身を守るためにいくつかのルーン魔術も使っていた。

王都を上空から見ると「♀」のような形に大きな道が通っている。

上の丸い部分は高い壁で囲われており、街の中でもさらに出入りが制限されていた。

その壁の中に王城をはじめとした行政施設や貴族街がある。そして、壁の外側を横幅四〇メルチ以上の道がぐるりと周回している形だ。

下の十字の部分は王都を突き抜ける大きな二本の街道であり、横幅が平均七〇メルチあるらしい。

貴族街の周りにある道が宝環《ほうかん》通り、東西に走る道が馬車《ばしゃ》街道、貴族街から南に走る道が王湖《おうこ》街道という名前だ。

どの道も中央部分は馬車が行き交っており、道の両側は、大小の商店や真っ当なホテルが軒を連ねている。

街道の所々で、道の幅が広がって広場のようになっており、その周辺では露店も出ている。

店の客層的には、宝環通りには貴族や豪商などの富裕層向けの店が多く、王城から離れるほど徐々に庶民向けの低価格な店が増えていく。

馬車街道と王湖街道が交わる十字から宝環通りまでの道は王湖街道の一部だが、そこは王都でも高級な一角とされており、衣服商や装飾具商、レストラン、ホテルなど、それぞれの分野での一流店のみが店を構えることができる場所になっている。

目的の店はすぐに見つかった。私が探していた店は、宝環通りの南側やや東寄りにあった。

店の外観は清潔感があり、青い塗料で店名が書かれた大きな看板が目立つ。

人がひっきりなしに出入りしていて、かなり繁盛しているようだ。

「青き狼《おおかみ》商会、と。なんだか、狼に縁があるのかな」

人の流れに沿って、店内に入ると、役所の窓口のようなカウンターがあり、大体の人は五列にずらりと並んで、自分の順番を待っているようだった。

整理券とか配ればいいのに、とは思う。

並んだ後に、意味がなかったら嫌なので、辺りを見回して、落ち着いた様子の男性店員に声をかけてみる。

「すみません、この列はどこも同じでしょうか？」

「あ、はい。基本的に、こちらの受付に並んでいただき、用件を伺った後にそれぞれの担当者が付く形になります」

なるほど。

「坊ちゃまは、どちらかのお家《いえ》のお使いでしょうか？　もし、事前にご紹介状などをお持ちでしたら、私のほうで承りますが」

私が悩んでいる様子を見て、そう声をかけてくれる。

なるほど、私の今の格好を見て、どこぞの貴族の家の使用人が様子を見に来たと見られたのか。

「いいえ、先触れではなく、私自身の用事があって、うーん、紹介状とは違うのですが、これはどうでしょうか？」

「拝見いたします……!?　し、失礼いたしました。ご案内しますので、どうぞこちらへ」

「え、あ、はい、ありがとうございます？」

私が取り出した手紙を見て、一瞬で最敬礼をしてくる店員さん。

その劇的な態度の変化に、こっちもビックリしてしまう。

通された応接室は、椅子もソファのような柔らかな座椅子、脚に彫刻を施したテーブルなど、いずれも品の良い家具が置かれていた。

部屋の壁には野山の風景を細かく描いた絵画が三枚ほど飾られている。絵の良し悪しはわからないが、たぶんお高いやつだ。

「副会長を呼んで参りますので、どうぞごゆっくりとお待ちください」

椅子に座るとお茶とお菓子がすぐに出され、ここまで案内してくれた店員さんが再び最敬礼をして部屋から出ていく。

「これは、シュークリームかな？」

ソファに腰を掛けて、お菓子を手に取る。持ち上げてみると硬くて軽い。割ってみるとバリッという音がして、中には何も詰まっていなかった。

食べると、ほんのり甘くて、サクサクとした感じがモナカの皮っぽい感じ。

「これは、これだけ食べても……物足りない感じがする」

悩ましげにモナカの皮もどきを眺めていると、扉がいきなり開いて、男性がひとり入ってくる。

そして、扉を閉めるなり、こちらを向いて、笑顔とともに
「おじょぉおぉさまぁ！　おまたせしましたッス‼」

と頭を下げてきた。

「え、あー……」

「大丈夫ッスよ！　この部屋は、この店で一番の応接室ッスから、高性能な防音で、盗視対策などの防諜《ぼうちょう》もばっちりッス！」

「へ、へー、それは安心だけど」

相変わらずだなぁ、この人。なぜか私には舎弟口調の彼はシズマ・セイロウインという。

黒髪で黒い瞳、黙っていれば若い武士のような雰囲気を持っている。確か今年で二十五歳とか言

っていたはず。

名前からわかるとおり、シズネさんの親戚で、甥《おい》にあたるそうだ。

初めて出会ったのは四年くらい前、彼が行商人としてウェステッド村を訪れたときで、シズネさんからの紹介とか色々あって、仲良くなり、金策を任せることになった。

「それで、売上とかどんな調子？」

「過去最高って感じッス！　いやもう、作れば作っただけ売れるッス！　むしろ、作ってなくても売れるッス！　半年くらい先まで予約でいっぱいいっぱいッス」

その金策というのが、蓄光石を利用した給湯器の販売だ。

事の発端は、ウェステッド村にシズマさんが滞在中に、屋敷のお風呂が完成したことだった。

その給湯器を見て、シズマさんが大はしゃぎし、商会で製造と販売をさせてほしいと提案してきたのだ。

ただ問題は、加熱のルーン魔術を封じてルーンストーンにした蓄光石を用意しなければ作れないこと。つまり、商業的な規模でやるには私が一人で作るとしたら色々と手間がかかりすぎることだった。

無理だろうな、と思っていたのだが、発想の転換があって、無事にシズマさんに任せることになったのだ。

ちなみに、給湯器のためにルーンストーンに加工した蓄光石のことを、加熱石と呼んで通常の蓄光石と区別している。

「それで、加熱石作成器の調子はどう？」

「問題ないッス。あ、でも、現場からはもっと装置の台数が欲しいと言われてるッス」

「うん、じゃあ、今度追加で作ってくるよ」

発想の転換というのが、私が直接、加熱石《ルーンストーン》を作るのではなく、私は加熱石を作るためのルーンストーンを作るようにしたことだ。

言葉遊びみたいな話だが、それが、実にあっさり上手《うま》くいった。

そのルーンストーンに秘密を保持するための対策を諸々《もろもろ》つけて、両手にのせられるほどの箱にしたものが加熱石作成器である。

私以外は、箱を開けることができないようになっていて、無理に開けられてしまった場合は内部が勝手に壊れるようにした。

「なにか困ったことは？」

「ライバル商会の陰口がひどいッスねー。うちが給湯器の利権を独占していることを僻《ひが》みまくりッス。あっはっは」

シズマさんがいい笑顔をする。

言葉と表情が一致していないというか、全然困ってないな。

「あ、でも、手紙に書いたとおり、水については困ってるッス」

なんでも、急激なお風呂の普及により、王都内で水不足と下水問題が起こっているようだ。

お風呂に使うための水が足りなかったり、またお風呂に使った水の排水に伴って、一部で水質が悪くなってしまったりしているそうだ。

そのことについては事前に手紙で報告をもらっていたので、今日は解決案を持ってきていた。

「了解了解。そういうことなら、ジャジャーン。浄水器～！」

私は、名刺サイズの黒い金属板に水晶がはめ込まれたものを取り出す。

「おおおー！　それは一体何なんスか!?」

「ふっふっふ、これをこうして……」

それを、お茶のカップの中につける。

と、水晶の部分が淡く光って、お茶の色が薄くなっていき、底のほうに黒っぽい粒が溜《た》まっていく。

「おおおー！　お茶が透き通っていくッス！」

困ったときのルーン魔術である。今回は水晶の部分がルーンストーンになっている。

浄水器と言いながら、封じ込められたルーン魔術は、浄水の魔術ではない。

正確には、抽出のルーン魔術が込められていた。

「こんな風に、水と水以外の汚れとに分離できる感じ。水を直接キレイにするよりこっちのほうが断然効率が良かったから。加熱石と同じように、浄水器に使う水晶は、浄水石って呼んでるけど、これを給湯器と一緒に使うといいと思うんだよ。それでこれが浄水石作成器ね。とりあえず三つ持ってきた」

「おおおおー!!」

「で、この黒い金属が、以前から相談してた蓄光石を使った合金で、浄水器を発動するための魔力を溜め込めるようになってる。これの資料も一緒に渡すね。ちなみに、こっちは魔力鋼《マジックメタル》と呼んでるんだ」

「すごいッス！　さすがお嬢様ッス！」

シズマさんのノリ、嫌いじゃないよ。褒められるのは純粋に嬉《うれ》しいものだ。

「これは、また儲《もう》けられそうっスね……」

「契約条件は加熱石と同じでいいから」

「あ、はい、これが今回分の借用書ッス。ご確認ください！」

シズマさんがバサッと、紙の束を取り出す。借用書というのは、私が青き狼商会へ貸し付ける借金の証書だ。

なんで、こんなことになっているかというと、給湯器の販売について、給湯器が売れた場合、いくらかの割合が私の取り分となっているのだが、その割合は売れた加熱石の数を基準にしている。

その金額が爆発的に増えていき、一昨年くらいからものすごい高額になっていた。

そこで、私の取り分をそのまま、青き狼商会への貸付金という形で預けることにしたのだ。

ちなみに、借用書一枚につき一〇〇万シリルになる。それが複数枚ある。そして、

「それと端数がこちら、六二万五八〇〇シリルッス。いつもどおり、硬貨にしておいたッス」

「おもっ……」

「いやー、幸せの重みッス！」

細かい金額については、直接受け取るようにしていた。

手渡された小袋をひっくり返して、硬貨を広げる。小金貨が六枚、銀貨が二枚、小銀貨が五枚、銅貨が八枚だ。

ラシク王国で使われている硬貨は五種類あり、最低価格が銅貨で一〇〇シリル、そこから一〇倍ずつ価値は上がっていき、小銀貨、つまり、金貨一枚は一〇〇万シリルの価値があることになる。

一シリルと一円だと、一シリルのほうがちょっと安いかな？　程度なので、日本円と同価値くらいだと考えるとわかりやすい。つまり、渡された硬貨だけで六二万円相当だ。

硬貨を小袋に戻してバッグにしまう。すべて金属製の硬貨のため、バッグがずっしり重くなる。

なお、一般的な成人男性が休みなしに一巡り働いた場合の給金が約五万〜八万シリル、年に何日か休むことを考慮した年収だと約一五〇万〜二五〇万シリルほどが一般的な相場となる。

お父様は男爵としてはかなり高給取りになり、昨年の年収が約八〇〇万シリルだったらしい。

「やー、今回でお嬢様の商会への貸付金額は一億シリル突破ッスよ。商会資産の一握りとはいえ、個人だけで考えれば、会長の親父《おやじ》についで二番手ッスね」

そんなわけで、私は青き狼商会には、だいぶお金を貸している状態だ。

ただ、一部の人にしかその事実を伝えていない。周知する必要性はないし、むしろ、知られると不要な問題を引き起こしかねない。

しかし、十歳で年収五千万とか、自分のことながら理解できないレベルで、すごいよな……。

「そういえば、このお菓子はいかがでしたッスか？　さっき何か納得いかないような顔をしてたッスね？」

目ざといなー。そういう観察力の高さが商売人としての武器となるのだろう。

「あー、サクサクしてて面白いんだけどね、中が空っぽだなあって」

「焼いて膨らませるお菓子みたいッス！　お嬢様は、中に何が入っていると嬉しいッスか？」

「生クリームやカスタードクリームとか？　あとはアンコとか」

「むっ！　なんか、また儲け話の予感ッス！　お嬢様、もっと詳しく教えてほしいッス！」

「えーと、カスタードクリームはあったけど、生クリームはどうだろう……えっと、まず……」

私は、シュークリームについて思い出せる限り、あれこれと教えて店を後にした。

買い物の予算をたっぷり確保した後は、王都を少し遠回りに歩いて帰宅する。

途中、市場でグラススネイルの肉と、他にも色々と気になるものをいくつか買ってきた。

解体される前のグラススネイルを見学したが、殻の直径が一メルチ近いカタツムリだった。

お店のおばちゃんの話では、王都の郊外の村で水辺近くに囲いを作って養殖しているそうだ。

生態はまんまカタツムリで、動きは遅くて、囲いを登ろうとすることもあるらしいが、ある程度の高さまで行くと自重で落っこちるらしい。

その様子を想像して、ちょっと笑ってしまった。

エサも選り好みしない草食のため、育成はそんなには難しくないらしい。

そして、紐《ひも》で縛って生きたまま王都に運び、その場で必要に応じて解体して、肉をバラ売りにしているようだった。

「ただいまー」

「おかえりなさい、おねえさま。おいしゃさんが来てるの」

「え？　お医者さん？　誰か怪我《けが》したの!?」

「だれもけがしてないよ？」

「でも、お医者さんが来たって」

「……あの、お姉さま、お医者のお客さんです」

私の帰宅を双子が出迎えてくれた。リリアの言葉に不安を感じたが、リックが補足をしてくれる。

医者が来たと言われたから少し焦ったけど、お客さんとして来るなら問題はない。

………ん？

「そのお客さんは応接室？」

「うん、おかあさまとお喋《しゃべ》りしてるー」

「ありがと」

私は双子の頭を荷物を持っていない手で交互に撫《な》でる。

台所に荷物を置いてから、私室でいつもより女の子らしい普段着に着替えて、足早に応接室へ向かった。

「失礼します。お母様、お客様がお見えと聞いて挨拶に参りました」

「あら、ユリィちゃんお帰りなさい」

その人は黒かった髪にちょっぴり白髪が混じり、五年前にはなかったシワが見え隠れしている。

「……お久しぶりです。シズネさん、お元気そうですね」

「ああ、ユリアちゃんも元気に大きくなって何よりだね。なんでも男装して王都を探検しに行ってたんだって？」

予想どおり応接室にいたのは、シズネさんだった。

年に何回か手紙のやり取りはしているけど、直接会うのは約五年ぶりとなる。

快活な口調とピシリとした姿勢は変わっておらず、なんだかホッとしたような気持ちになった。

「お母様から聞いたのですか？」

「それと双子ちゃんたちからもな」

「そうそう、シズマさんには、すごくお世話になっています。今日もお店のほうに挨拶してきたところです。改めてご紹介ありがとうございました」

ペコリとお辞儀をする。

「なんかすごいことになっているみたいだね。シズマと気が合ったようでよかったけど」

シズネさんも私の前世の秘密を知っているので、色々と思うことはあるのかもしれないが、微笑してサラリと流してくれる。

「……しかしまぁ、お父様に似てすっかりハンサムになっちゃって、さぞかし男の子の格好も似合うだろう？　今度、見せてほしいね」

「ありがとうございます！」

シズネさんの褒め言葉は、下手に可愛《かわい》いと褒められるよりも嬉しかったりする。

「ところで、ずいぶん急でしたけど、何かあったのですか？」

「いや、急に休みが取れてね。できればもっと早くに顔を見に来たかったんだけど、ユリアちゃんのおかげで仕事が忙しくなってな」

「使ってくれてるんですね。あれ」

別れの際に渡したルーンストーン化した翡翠《ひすい》のことを思い出す。

ルーンストーンが作れるようになった初期の頃に作ったモノだったので色々と心配していたが、まだ無事に機能しているようで、ホッとした。

「ま、あたしは簡単な魔術しか使えないけどね。おかげで公認魔術師になれて、仕事面も充実している。ユリアちゃんには感謝しているよ」

「私は石を用意しただけです。あとはシズネさんの力ですよ？　でも、その気持ちは受け取ります。あ、そうだ、シズネさん、今日の晩ご飯は、うちで一緒に食べられますか？」

創作料理の参考意見は多いほうがいいからな。

料理に関して言えば、前世の知識をフル活用しても、危険性が少ないだろうから、自重しなくて済む。

「さっき、バーレンシア夫人にも誘われて、ご一緒させてもらうことになっているけど？」

「それはよかったです！　ちょっと珍しい料理を作るので、ぜひ食べて感想を聞かせてください」

「うん？　ユリアちゃんが料理するのかい？」

「たまにお母様やアイラさんのお手伝いもしてるんです」

「ええ、ユリィちゃんてば、器用だし、変わった料理の作り方も色々と知っているみたいなの」

お母様が嬉しそうに、私のフォローをしてくれる。

「ほ〜。そりゃ楽しみだ」

「楽しみにしていてください、頑張ります！」

よし、気合は十分。頑張ろう。

ラシク王国では、料理の技法は「焼く」「炒める」「茹《ゆ》でる」「煮る」の四種類が一般的だ。

「焼く」は、おもに鉄板、網、串、オーブンなどを使って調理すること。

「炒める」は、おもに「曲がり底鍋」と呼ばれる、前世でいう中華鍋みたいな器具を使って調理すること。

「茹でる」と「煮る」は似ている。違いとしては「茹でる」が水で食材を加熱するだけなのに対して、「煮る」は液体で加熱する際、液体に味をつけているところだ。例外として、「塩茹で」なんていう技法もあるけど。

他にも「揚げる」料理もあるにはある。揚げ芋と呼ばれるメニューがいい例で芋を一口サイズに切って揚げたフライドポテトみたいな料理だ。ほかも似たりよったりで、「揚げる」料理は、ほとんどが素揚げである。

私が知っている調理法だとあとは「蒸す」だが、まだこの世界で「蒸す」料理は見ていない。

ついでに調味料の話をすると、この国では塩や砂糖はわりと豊富に流通していると思われる。

前世のスーパーなどで売られていた値段を参考にすると、食材の値段に対して調味料は割高ではある。それでも、一般的な家庭でも購入できる値段だ。

子供のちょっと贅沢《ぜいたく》なおやつとして飴《あめ》やジャムなんかが出されるくらい、と説明するとイメージしやすいだろうか？

胡椒《こしょう》や辛子《からし》などの香辛料については、外国からの輸入に頼らざるを得ないらしく、かなり高価だ。魔術も使って、国内での栽培も試みられているが上手くいってないようだ。

ただ、ニンニクやショウガ、ハーブ類の一部は国内でも育てられていて、砂糖や塩と同じ程度には手に入る。

「お嬢様、今夜のメニューは串焼きですか？」

「ちょっと違うんだ。まぁ、できてからのお楽しみで」

アイラさんに手伝ってもらいながら、二人で晩ご飯の準備をする。

一口サイズに切って下味をつけたグラススネイルの肉とタマネギを交互に串に刺していく。

それ以外にも、川魚の切り身や野菜だけを刺した串も用意する予定だ。

「でもって、小麦粉に溶いた卵と水を入れて……」

フォークを使ってよく混ぜて、大きめのボウルの中にねっとりとした泥みたいなモノができた。

水を少しずつ足して、とろりとする固さに調整する。

「お嬢様？　パンケーキを作るなら、もっと水は少なめじゃないと」

「大丈夫、これはこれでいいの……ん、こんなもんかな？　で、これをさっきの串につけて、前もって用意しておいたパン粉をまぶす」

「なんか、ボコボコしてて、変わった形になりましたね。コレが料理なんですか？　肉とか野菜は、まだ生のような」

「もちろん、この後で火を通すよ。私が串にこれをつけるから、アイラさんは、こんな感じにパン粉をまぶしてくれる？」

「わかりました……こんな感じでよろしいですか？」

「うん、いい感じ。用意した串を全部、コレをやるからよろしくね」

「はい」

しばらくの間、黙々と串に「衣」をつける作業をする。

ここまでくるとあとは揚げるだけなんだけど……。

「ひとまず、下準備はコレくらいかな？　この料理はできたてを食べてほしいから、先に他の料理と食堂の準備をしよう」

「わかりました」

お父様も先ほど帰ってきて、お母様や双子と一緒にシズネさんと歓談中だ。

ただ「衣」をつけた後は、あまり時間を置きたくないので、食堂の用意が整いしだい移動してもらおう。

アイラさんは、事前に作っていたシチューの鍋を竈《かまど》にのせて温め直す。

私は、パンやチーズを適当な大きさに切って食堂のテーブルの上に運んだ。

一通りの準備が整ったら、竈に鍋をのせて、たっぷりの油を入れる。

ここからは火傷《やけど》に注意しないとな。火傷をしても魔術で治せるけど、わざわざ痛い思いをしたいわけじゃない。

あ、そうか、ルーン魔術で火傷をしないように身体を保護すればいいのか。

「《ダスマウ《石鼠》・ド《の》・ゼェス《皮は》　アニーム《燃えず》》」

早速、耐熱性を高める魔術を使うと、竈の熱がかなり和らいだ。

「お嬢様、今日の料理は揚げるのですか？」

「うん、串揚げっていう料理だよ」

確か関東だと串揚げ、関西だと串カツって呼ぶんだっけ。

カツの語源は外来語だし、多分、串揚げのほうが直感的にわかりやすいだろう。

私はアイラさんに手伝ってもらい、次々に串揚げを作り、それを食堂に運ぶ。

徐々にみんな集まってきて、串揚げが出来上がる頃には、全員が、その皿を興味深く眺めている状態になった。

「大地と水、太陽と風の恵みを、日々の糧としていただきますこと、精霊様に感謝いたします」

お父様の声に合わせ、食堂にいる皆が「感謝いたします」と各々で言葉を続ける。

我が家の食事に関して、ウェステッド村にいたときから大きく変わったことが一つあった。

それは、食事の席にロイズさんとアイラさん、それからジルが同席するようになったことだ。

ロイズさんに関して言えば、騎士爵を持っているため、もともと男爵の父親と同席するのに問題はなかった。

それにロイズさんは、お父様が小さな頃から色々と世話をしてもらっていたこともあり、心情的にも歳の離れた兄のような存在らしい。

ただ以前のアイラさんは、昼ご飯などはお母様と席を共にして食べていたが、お父様がいる席では、決して一緒の席に着こうとはしなかった。

しかし、ロイズさんと結婚したことにより、コーズレイト夫人という立場になったため、席を共にしても問題はない、とお父様がアイラさんを説得した。

……今になって思うにお父様は「みんなで一緒に食べること」に対して、こだわりが過ぎているような気もした。

多分、それはお祖父様《じい》との関係に影響を受けているのではないだろうか。

この世界でも、食事のときに座る席順の作法などは、きちんと決められている。

まず、食堂は上から見ると長方形の部屋で、長方形のテーブルが部屋と平行になるように設置される。

そのテーブルの出入り口がある壁とは反対側の長辺の中央が、一番上座の席となる。その対面の席は主賓、もしくは二番目に偉い立場の人が座る。

反対に、前世の作法と同じく部屋の出入り口の近くが一番下座の席となるようだ。

今日の食事の場合は、奥側がテーブルに向かって右から順にジル、私、お父様、リック、リリア、テーブルを挟んで反対側はジルの前がアイラさん、ロイズさん、シズネさん、お母様の順となっている。

ちなみに、アイラさんの後ろ側に、食堂の出入り口がある。

「アチャッ!?」

「わわ、ジル大丈夫？」

「あうあう、ボス……シタがイタい」

「ほら、水で冷やして……」

食事が始まり、さっそく串焼きにかぶりついたジルが悲鳴を上げた。

その悲鳴に、みんなが一斉にこちらを向いた。

「ええっと、この料理は串揚げといって、お肉や野菜を串に刺してパンを細かくしたものをつけて、油で揚げた料理です。このパンの皮の中は熱くなっていますので注意してください。このまま食べてもいいですが、食べにくいようなら、フォークを使って、先に串を抜いてしまうのがいいかもしれません」

コクコクと水を飲みながら舌を冷やすジルの横で、串を片手に取って、食堂にいるみんなに注意を促す。

「このパンの皮とやらがサクサクとしているのに、中は柔らかく茹でた感じに近いな……ん？　お嬢様、これはグラススネイルの肉か？」

串を一口かじったロイズさんが、早速中身を言い当てる。

「ロイズさんは知ってましたか？　露店で串焼きを売っていたのを見て、今回の料理を思い出したんです」

「俺は王都の下町で育ったからな。王都に住んでいた頃はよく買って食べたよ。といっても塩を少し強めに振って、直火《じかび》で焼いただけの料理だけどな。こんな感じに手の込んだ料理になると、ちょっと上品な感じがして、美味《うま》いな」

「気に入ってもらえたなら嬉しいです。アイラさんも一緒に作ったから、今度からはアイラさんが作ってくれますよ」

「そうか、期待している」

「はい、頑張ります！」

ロイズさんとアイラさんはなかなかの新婚っぷりを見せてくれる。うんうん。

「ほら、リックくん、リリィちゃん、串を抜いてあげましたよ」

「はーい」

「お母さま、ありがとうございます」

テーブルの反対側では、双子がお母さまに串揚げを取り分けてもらいながら食べていた。

私の席からだと見えにくいが、聞こえている感じでは双子にも串揚げは好評のようだ。

「ふーむ、あたしもこんな揚げ料理は初めてだよ」

「そうかもしれません。調べたところ、一般的な揚げ料理は、素材をそのまま揚げて、あとで塩や香辛料で味付けするものくらいですから。これ、茹でた芋を潰《つぶ》して味付けして、このパンの皮で包んで揚げたりしても美味しいですよ」

「ただ、最初の一口は良かったけど、ちょっとあたしには油っぽいね」

「あ、それでしたら、そっちにあるケチャップをつけるか、レモン汁をかけてください。サッパリとしますよ」

「ぱく……もぐもぐ。なるほど、あたしはレモンをかけたほうが好みだね」

「実は専用のソースとかもあるんですが、作り方がわからないんです」

私も一口食べる。うん、揚げたては美味しい。

塩をちょっと多めに振って下味をつけたから、そのままでも味は問題ない。

ウェステッド村にいた頃、トマトの栽培に成功したので、トマトケチャップをたくさん作り置きしてある。

だけど、トンカツ用のソースが欲しくなるなぁ。あの猛犬マークがついたやつみたいなの。

今度、香辛料を買ってきて挑戦してみようかな。

賑《にぎ》やかな食事が終わるとお父様は書斎に、お母様は双子を寝かしつけに、アイラさんとロイズさんは晩ご飯の後片付けに行っており、私は食堂に残ってシズネさんとお茶を飲んでいた。

「ところで、シズネさん。王都には【幻獣の加護】持ちが何人かいるんですよね？　その中で、私と同じ年頃の男の子って知ってますか？」

すっかり冷めたお茶を飲みながら、私はシズネさんにフェルのことを訊《き》いてみた。

一応、ジルもいるが、テーブルに突っ伏して眠っている。……あとで、起こすか、ロイズさんに部屋まで運んでもらおう。

「それは真白《ましろ》の司《つかさ》のことかい？　いきなりどうしたんだい？」

「ええと、外に出かけたときに、少し話を聞いたので気になって……。その真白の司って何ですか？」

シズネさんが不思議そうな顔をしたので、咄嗟《とっさ》に誤魔化す。嘘はついてない……出かけているのが夜で、本人から聞いたというところを言葉にしていないだけだ。

「ああ、【幻獣の加護】持ちは国に認定されると、能力に応じた通り名のようなものをもらうんだ。大体が何々の司という感じになってる。本名はフェルネ・ザールバリン、確か三年前だったか？　この国でもっとも新しく【幻獣の加護】持ちであることが判明した少年だな。なんでも相手の嘘を見抜くチカラを授かっているらしい」

あ、世間的にはそういうことになっているのか。

確かに嘘は何かを隠すためにつくものだから、客観的には嘘を見抜いているように見えるのかもしれないな。

「そのザールバリン家って有名なんですか？」

「有名っちゃ有名かな。ここ数年の話だけどね。フェルネ・ザールバリンの父親で、当主のフェクス・ザールバリン子爵はもともと商人だったけど、短い期間で一気に子爵まで成り上がった男だね。その成り上がりには、真白の司の影響が大きいと言われているし、それは事実だろう」

「家族に【幻獣の加護】持ちがいると、そんな簡単に称号がもらえるものなのですか？」

「【幻獣の加護】持ちの場合は、国に忠誠を誓った時点で、男爵の称号をもらうか、それに準じる待遇で迎え入れられるんだ。その【幻獣の加護】持ちが未成人の場合、爵位は後見人である親に与えられることが多い……ただ、そこから子爵になったのは、ザールバリン子爵は交渉事に関する才に長《た》けていたからだろう」

と、お茶を一口飲んで、続ける。

「あたしは噂《うわさ》を全部信じるわけじゃないが、ザールバリン子爵には良くない噂が多いね」

あんまり詳しくは聞かせたい話じゃないから、とそれ以上は話してくれなかった。

まぁ、フェルから聞いた話と今のシズネさんの話をまとめるに、聞いて面白い話ではないのは確かだ。

「ところで、バーレンシア男爵は何かあったのかい？」

「あー……やっぱり、気になりましたか？」

「最初は、仕事で疲れているのかと思ったけど、ときどき思いつめたような表情をするから、なんとなくね」

さすがだな。持っている加護とか関係なく、鋭い観察眼はシズネさん自身の資質なんだろう。正直、フェルよりシズネさん相手のほうが隠し事をできる気がしない。

ここで、お祖父様やリックの話をするかどうか、少しばかり躊躇《ためら》いもあったが、結局話すことにした。

バーレンシア本家の食事中の出来事、リックの気持ちと、私の迷いも一緒にすべてを語る。

「なるほどね。厄介な話だ……」

「シズネさんは、お父様やお祖父様のことは何か知っているんですか？」

「あたしもバーレンシア家とは、関係浅からぬってところだからね。当人たちの気持ちは別として、知っていることもいくつかあるが……それをユリアちゃんに教えていいものか、悩むところだね」

私とシズネさんの間に、わずかな緊張感が漂う。

空っぽになったカップをテーブルに置いて、お茶請けとして出されていた干しブドウを三粒口に入れて、よく噛《か》む。

私が干しブドウを呑《の》み込む音が静かな食堂に響いた。

「シズネさんが、私が知るべきことじゃないと思うなら聞きません。ちょっとでも知っておいたほうがいいと思うなら、ぜひ教えてください」

「まぁ、ユリアちゃんを見た目どおりの十歳の子供として扱うのは間違いだよな。一応先に言っておくが、あたしはできるだけ主観を含めずに話すつもりだ。ただ、どうしても、あたしの感情が混ざると思うから、そう思って聞いとくれ」

シズネさんは、ちょっと考え込んで、なにかを決意したかのように話し始めた。

「あたしは、バーレンシア男爵の母親とは幼馴染《おさななじみ》でね。同時期、一緒に学院にも通ったんだよ。もともと彼女は体が強いほうじゃなくてね。バーレンシア男爵が物心つく前に病気で亡くなっているんだ」

お父様のお母様が死んでいる？　あれ？

「でも、お祖母様《ばあ》とは、この間お会いしましたけど……」

「それは、バーレンシア男爵の母親が亡くなってから、迎えた後妻さんだね。人当たりが良くて優しい人だし、バーレンシア男爵を実の息子と同様に可愛がっていたらしい。性格的には問題はないんだけどね。問題なのは、結婚するときに連れ子がいたということさ」

「あんなにそっくりなのに伯父《おじ》様とお父様は血がつながってないのですか？」

「いや、つながっているさ、半分はね」

半分……？　それは、つまり……そういうことなのか？

「バーレンシア侯爵は、当時まだ伯爵でね。ケネア……ああ、バーレンシア男爵の生みの親の名前だよ。ケネアの父親が当時のバーレンシア侯爵の上司だったんだ。で、お気に入りの部下だったバーレンシア侯爵に娘を嫁がせた。確かに昔から仕事ができる人だったからね」

ある意味で政略結婚と言えるのかな、そういうのも。

「そのケネアお祖母様？　のご実家は？」

シズネさんが冗談っぽく「ちょいと年寄りの長話に付き合ってもらおうか」と、話を続けた。

「二人が結婚してしばらくしてケネアの家族はケネアを残して、全員、事故にあって亡くなってね。唯一生き残った直系の血縁者はケネアのみで、バーレンシア伯爵がケネアの実家の爵位を引き継ぐ形で侯爵になったんだ。もともと伯爵だったし、ケネアの配偶者だったから、継承する条件は整っていたんだよね。

当時は色々言われたみたいだよ。

ただ純粋に事故であることがきちんと調査されていたし、そもそもバーレンシア侯爵は、その手のやっかみを跳ねのけられるだけの実力のある人だった。

ただケネアの落ち込みようったらすごかったよ。幸い、お腹にバーレンシア男爵《こども》がいることが判明して、それを希望に立ち直ってくれたんだけどね……。

そして、バーレンシア男爵が生まれてから、ケネアは体調を崩してね。もともと身体の弱い子だったけど、一日のほとんどを寝室で過ごすような状態になってたんだ。

その頃、すでに王国立中央病院に勤めていた私は、師匠の往診に付き合って、何度も彼女に会いに行ったたよ。徐々に彼女の容態は悪くなっていき、魔術を使った治療をもってしても全快しきれなくてね。

美人薄命とはよく言ったもんだ。

バーレンシア男爵を産んで二年ほどで亡くなったよ。

ケネアの葬儀が終わってすぐだったかね。バーレンシア侯爵が、今の夫人を後妻に迎えたのは……しかも、バーレンシア男爵よりも三つも年上の子供がいるっていうじゃないか。

当時、その話を聞いた、あたしは悔しくってね。

まるでケネアがいなくなっても問題ないと言われたような気がして……仕事のことがなかったら、バーレンシア侯爵の屋敷に怒鳴り込みに行っていたかもしれないよ。

今なら、幼かったバーレンシア男爵にとっては、母親が必要だったのは認めるし、バーレンシア男爵自身も後妻さんに懐《なつ》いていたみたいだしね。

結果だけを見れば良かったんだろうと思えるけどさ……」

整理をすると……。

お父様には、今のお祖母様ではない、生みのお母さん《ケネア》がいてお父様が物心がつく前に亡くなっている。

後妻の連れ子である伯父様とお父様は、半分血がつながっているということは二人ともお祖父様の実の子供であり、異母兄弟となる。

しかも、後妻のはずのお祖母様の子供である伯父様のほうが三歳ほど年上ということは、お父様が生まれる前に、今のお祖母様と関係を持っていたということになる。

もしかすると、お父様の実母と結婚する前の話だったのかな？　そこは、結婚して何年目にお父様が生まれたかによって変わってくるか。

「しかし、まるで昼ドラみたいな話だ……」

「ヒルドラ？　戯曲か何かかい？」

「え？　あ〜〜、そんな感じです。つまり、今のお祖母様は、お父様が生まれる前にお祖父様が子供を産ませていた女性というわけですね？　……あれ？　でも、そうなると、お祖母様に子供を産ませたけど、そのときお祖母様とは結婚しなかったのですか？」

む、ちょっとこのあたりの貞操観念みたいなのが、いまいちわからないんだよな。

ラシク王国は一夫一妻制というわけでもなく、家が裕福なら妻を複数持つことも、それこそ高位貴族であれば、正室と側室がいるのも珍しくない。子供を産んでいるならなおさらだ。

この世界、授かり婚みたいな慣習はないのだろうか？

「ケネアが亡くなってからは、バーレンシア家とは疎遠になっていたから、そのあたりの詳しい事情は知らないんだ。噂には色々と聞いたけどね。コーズレイト殿なら、当時の話も知っているかもしれないね」

　ふと思い出したように、シズネさんが言葉を付け加えた。

「ああ、一応補足をしておくと、結婚生活はケネアにとっては幸せなものだったと思うよ。一日のほとんどを寝たきりになったときでも、バーレンシア男爵に母乳を与えているケネアの顔は幸せそのものだったからね。それに彼女の口からバーレンシア侯爵の悪口を聞いた覚えはない。惚気《のろけ》みたいな愚痴は聞いたことはあるけどね」

　一応、シズネさんから見た話を聞く限りだと、不幸な思いをした人は――ケネアお祖母様の家族の事故は別として――いなそうだな。

　だとすると、お父様がどうして、あそこまでお祖父様を嫌っているかだけど……うーん？　嫌っているというのも、なにか少し違うような？

　改めてロイズさんにも話を聞いてみるべきか、といっても、私にできることなんてないような気もするんだけど。

　リックのためだと、色々割り切って、調べてみようか。できることが何かは、あとで考える。

　と、話が一区切りついたところで、お母様が食堂に戻ってきた。

「あ、おかえりなさいませ、お母様。二人はちゃんと眠った？」

「大丈夫、良い子で眠ったから。さぁ、ユリィちゃんも、そろそろベッドに行きましょう。それとシズネさん、席を離れてしまって申し訳ありません。今日はこのまま泊まられますか？　もし、お帰りになるようでしたら、ロイズさんに馬車を呼んでもらいますが」

「こちらこそ長居をしてしまって申し訳ないね。コーズレイト殿には悪いけど、馬車を用意してもらっていいかな？」

「はい」

短く返事をして、ロイズさんを呼びにお母様は出ていった。

シズネさんが、私のほうに笑顔を向けて言う。

「まぁ、ユリアちゃんも頑張りな。あたしもできることなら応援するし、期待をしているからね」

おう……。なんか、期待、されてますか？

Interlude

インタールード

焼き菓子と夜の友達

フェル

いつからだろうか。

ボクが他人の嘘《うそ》と本音《かくしごと》を区別できるようになったのは。

まだボクがただのフェルで、父親もごく普通の商人だった頃には、もう区別できるようになっていたはずだ。

「それで、フェル……さっきの人は、なにか嘘をついていたかい？」

「うん。お豆が安くなるのは嘘で、今のうちに買うつもりだって。あと、子供が元気だって言っていたのも嘘で、本当は元気じゃないみたい」

「ふーむ、なるほど。よくやったぞフェル……それじゃあ、いい子でお留守番しているんだ」

「はい、お父様」

父親がボクの頭を撫《な》でて、子供部屋から出ていく。ボクは頭を撫でられた喜びと、父親が去っていく寂しさを胸に、静かに見送った。ここでワガママを言ってはいけない。父親は態度を急変させて、ボクのことを「悪い子だ」と言って、お仕置きをするからだ。

その頃の父親は、ボクのチカラは「嘘を見破れる」ことだと思っていた。それは間違いではないけど、あくまで、それはボクのチカラの一部だっただけだ。

父親は、親バカのふりをして商談の場にボクを連れ込み、商談が終わった後で、相手の話のどこかに嘘があったか聞くようになっていた。

ボクは父親から気まぐれに与えられるほんのわずかな優しさを求め、都合のいい子となって日々を過ごしていた。

その当時のボクは大体の時間を、玩具《おもちゃ》がいっぱいある小さな子供部屋で過ごしていた。部屋から出るには父親の許しが必要だった。そして母親はボクの前にやってくることはなかった。だからか、時々やってきてくれる父親には、余計に嫌われたくなかった。

本音を言うなら、母親に会いたかったし、甘えたかった。

だから、つい聞いてしまったんだ。

「ねぇ、お父様、お母様はどうしたの？　なんでボクに会いに来てくれないの？」

人は教えたくないことを聞かれたとき、どうするか？

そう、とっさに教えたくないことを「隠してしまう」のだ。

たまたま別れ際の室内で聞いたのもタイミングが良かったのか悪かったのか。

【夢夜兎《ボク》の加護《チカラ》】は、いつもどおりに、父親から本音《かくしごと》を探り当てて、ボクに教えてくれた。

ボクに弟が生まれていたらしいが、母親は「自分の子供は、この子だけだ」と言い、ボクのことは「ただの便利な道具」だと言っているらしく、会わせるわけにはいかない——と、父親は考えているようだった。そして、父親も母親と同じでボクを「便利な道具」だと賛成していらしく……それから、ボクは、さらに判断を間違える。

加護で知ったことを確認するために、父親を問い詰めてしまった。問い詰めてしまったことで、父親はボクのチカラが嘘を見抜くだけのものではないことを知ってしまった。

続けて、父親がボクの加護に対する恐れと、その加護によって今後得られるだろう利益への喜び、母親のボクへの無関心さ、それらを慌てて隠そうとすればするほど、真実がうるさいくらいにボクの中に響いてくる。

「お父様……」

「違う、違うんだよ、フェル！　ああ、そうか、そうだったのか……上手《うま》くいけば、オレは貴族になれるんじゃないか？　ふふふ、そうだ、それがいい！」

何と言い繕っても無駄だと諦めた父親が、ボクとの良い関係も諦めたのはこのときだった。

ボクのことを隠すこともやめ、国に知らせることで【幻獣の加護】持ちの父親として、貴族になることを目指した。そしてそれは、それまで稼いできた財力のおかげもあり順調に成功した。

父親が男爵になり、さらに子爵になると、両親と弟は、新しい家へと引っ越していき、古い家には、ボクだけが残された。元から住んでいた屋敷は、ボクの新しい子供部屋となったのだ。

◆

「それでね。その丸焼きから、切り取った肉に塩を振りかけて、ハーブとかと一緒に食べるんだけど、これが美味《おい》しくて。ただ、注意しないといけないのが、脂が熱くなってるから慌てると口の中を火傷《やけど》……ちょ、なに笑ってるの？」

ん？　笑っているつもりはなかったんだが、ボクは笑っていたのか。

やっぱりユーリはすごいな。ボクはここ数年の間は、無意識に笑ったことなんてなかったのに。

「いや、ユーリが嬉《うれ》しそうだから、ボクまで嬉しくなっただけだ」

「キザっ！　フェル、キミさ、将来女ったらしになりそうだね」

「女ったらしか……ボクみたいな不格好な人間を好きになる人間なんていないさ」

「それは嫌味《いやみ》？　そんな綺麗《きれい》な髪と目、整った顔をしていて、不格好とか、どんだけ美意識が高いんだよ!!　いや、ナルシストはナルシストでウザいかもしれないけど、フェルはもっと自分を大事にするべきだと思うよ」

……綺麗な髪と目か。

ユーリ、夜のボクを前にそう言ってくれるのはキミだけだと知らないだろう？

「それに女はあんまり好きじゃない」

「またまた、今まで好きになった人とかいないのかい？　年上のお姉さんとか」

「仲良くなったと思った使用人の娘に、いきなり寝床へ押し倒されそうになってみろ、恐怖が先に来るぞ」

「わぁお、禁断の恋？」

禁断の恋？　ユーリは時々、娯楽小説のような表現をするな。ユーリは、子供でも本を読んだり劇を観たりできるだけの家の子供であるということだろう。

もともと魔術が使えるということから、お金持ちの家の子供だろうとは思っていた。いつもの会話からも、十分な教育を受けていることがわかる。

「それならまだマシだな。ボクの気持ちなんて関係なく、ボクとの子供なら加護持ちが生まれる可能性が高いと狙っての行動だ。どこかの家の貴族にそそのかされたらしいな」

あれは本当に面倒な事件だった。

ボクに隠し事を知るチカラがなかったら、気づけなかっただろうし、背後関係もなかなか判明しなかっただろう。

結果として、父親が先方から多額のシリルをせしめたらしい。しばらくの間、機嫌が良くて、ボクのワガママもいくつか聞いてもらえたのが、せめてもの幸運だった。

「【幻獣の加護】持ちの子供がいれば、その家族は国が一生面倒を見てくれるからな。事実【幻獣の加護】持ちを何代かさかのぼると【幻獣の加護】持ちだった祖先がいることはあるらしい。が、だからといって【幻獣の加護】持ちはそうそう生まれるものじゃないのにな」

「あ〜、なんて言ったらいいのか……」

「別に気にしないでくれ。珍しいことじゃない。相手もボクが子供だから、上手く丸め込めると思っていたんだろう。両親がボクをこの屋敷に閉じ込めているのは、そういった連中を近づけないっていう名目だしな」

ユーリは不思議な人だった。

まず、相手の隠し事を知るボクの【夢夜兎《ドリームナイツラビット》の加護】が通じない。

だから、お互い偽名で密会をするなんていう初めての経験をしている。

次にボクの能力のことを知っても、何も聞いてこない。

ほとんどの人がボクの能力を知ると、その能力についてアレコレ知りたがった。

それなのに、ユーリがボクに聞くのは好きな食べ物や趣味などで、まるで特別な力などない少年であるかのように接してくる。

それがすごく新鮮だ。

「そういえば、今日はユーリのために珍しい菓子を用意したんだ。食べてってくれ」

話の雰囲気を変えようと横に置いてあったバスケットから焼き菓子の入った木彫りの深皿を取り出して、テーブルの上に置く。

このお菓子は、ボクが信頼している数少ない使用人の一人にお願いして、彼女のおすすめを買ってきてもらったものだ。買ってきた半分は、お礼として彼女に渡している。

「むっ……」

ふっ、危ない、吹き出すかと思った。ユーリ、深皿を真剣に見すぎだろう。

「ほら」

ボクが再度薦めると、ユーリが深皿から焼き菓子を一枚取って口に運ぶ。

サクサクと焼き菓子を噛《か》む音が聞こえ、しばらく口をもぐもぐさせて、ごくりと飲み込む。

「むむ、クッキーっぽいけど、これは木の実を粉にして作っているのかな。焼き菓子と木の実の香ばしさ、それにホロリと口で溶ける甘さが後を引く……、もう一枚もらっていいかな？」

「ユーリのために用意したんだ。残さず食べていってもいいぞ」

幸せそうな顔をして、お菓子をもう一枚、手に取る。

「……お茶が欲しいな……」

「うん？」

「ん？　どうしたの？」

ユーリは、自分がポツリと言ったことに気が付いていないようだった。

なんでもないと答えて、ボクも焼き菓子を一枚食べてみる。

ふむ、美味しいな。食べ物に関しては、使用人の彼女にまかせれば、まず間違いがない。

そして、確かにお茶が欲しくなる味だ。

次は、お菓子だけではなく、お茶も用意しておいてやろう。

夜の空を切り取ったような美しい黒の髪と瞳を持つ友達のために。

Chapter 3

みんなに色々な相談をする

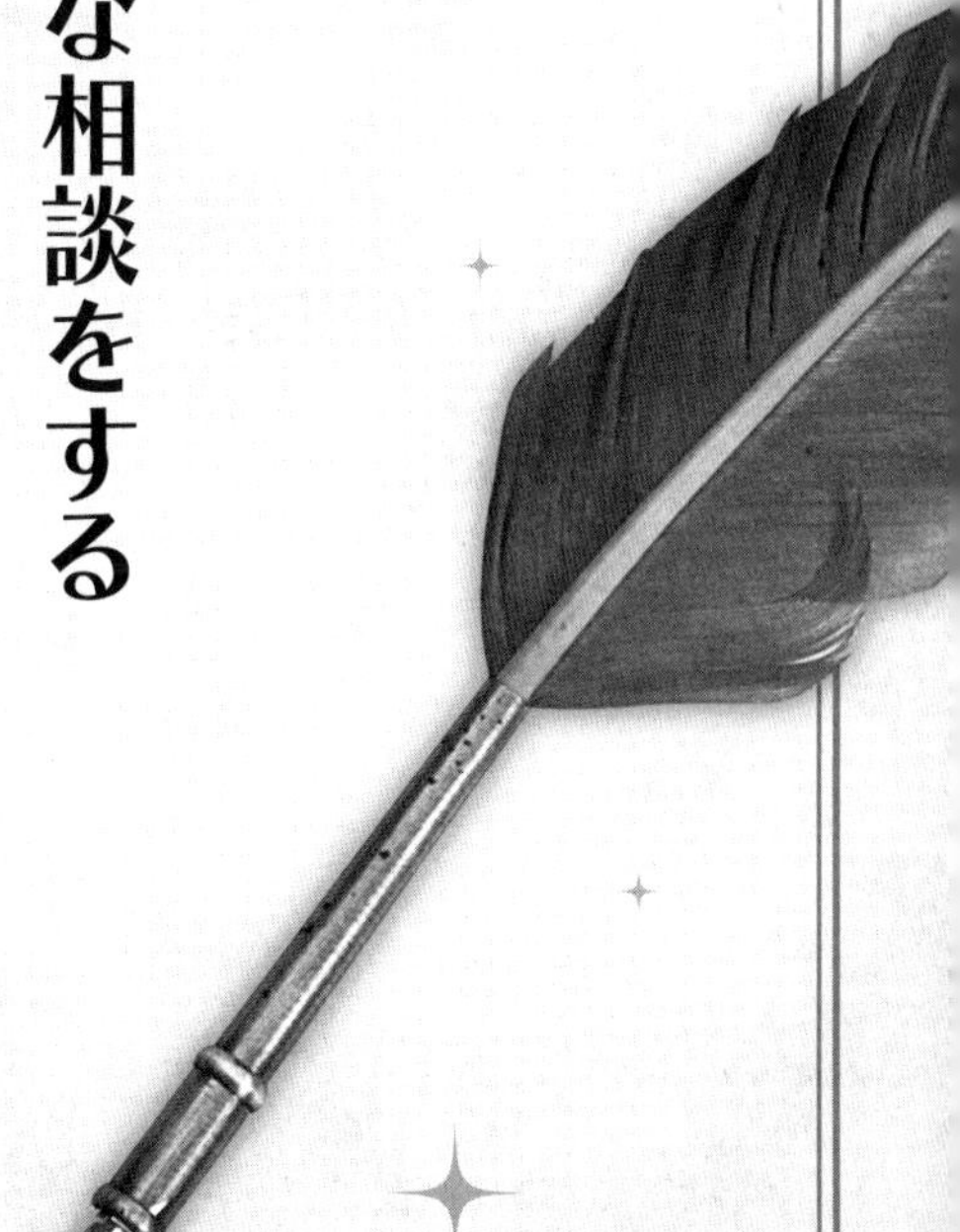

串揚げパーティがあった二日後、私は両親に就寝の挨拶をして、自分の部屋に向かった。

そして、パジャマではなく、いつもの男物の服に着替え、ベッドに大きめのクッションを二つ並べて、手紙を置いて、その上から毛布をかぶせる。

本気で偽装をするつもりなら、ルーン魔術で幻影を作れば完璧なのだが、そこまでする気にはなれない。

手紙には、ちょっと外を散歩していることを書き置きしている。毛布をめくられてしまったときの保険だ。

客観的に見れば、ずいぶんと矛盾した行動だと思うが、これは私の甘えなんだろう。

この夜遊びがバレてほしいような、ほしくないような……構ってもらいたがる子供のようだ。

精神年齢だけを見れば、今年で三十歳《みそじ》なんだけどなぁ、精神《こころ》はどれくらい身体《いれもの》に依存するのだろうか。

飛行と姿隠しのルーン魔術を使い、フェルの屋敷へと飛ぶ。

わずか五分ほどで、いつものベランダに到着した。

「やぁ、こんばんは、フェル」

「こんばんは、ユーリ」

私がテーブル席に座ると、フェルは蓄光石のランプの明かりで読んでいた本を閉じる。

タイトルが一部しか読み取れなかったけど、魔術書っぽい雰囲気？

「なんの本を読んでたの？」

「ん、『魔術の行使と想像力』という実践書だな。呪文を詠唱する際に、その呪文に対して明確なイメージを持つことが魔術の効果を増幅させるという内容だ」

「あー、あの本か。フェルは、どう思った？」

「文章はわかりやすく読みやすいが、実証例として『二十人中十三人の魔術師に効果があった』とあったけど、それだと偶然と言える範囲じゃないか？　半分まで読んだが、実際に自分で試してみないことには何とも言えないな。その様子だとユーリも読んだことがあるんだろう？　魔術師としての意見は？」

「あー、んー……私の場合はちょっと特殊だからね。ただ、その本に書かれていることは、結果としては間違っていないと思うよ」

「ふむ、相変わらずユーリは得体が知れないな。そこが楽しいのだが」

「それって、褒めてるの？　からかってるの？」

思わず、ジト目になって追及してしまった。

「もちろん褒めているに決まっている」

真面目な顔でそう言い返されると、特に反論もできないけど……。

相変わらず、よくわからない感性だ。

「ところでさ、フェルは結婚ってどう思う？」

「また唐突な話だな。なんだ、好きな娘《こ》でもできたのか？」

「違うから！　二重の意味で違うからね！　別に好きな人ができたわけじゃない。あととりあえず、私は女の子だって、何回言えばいいのかな!?」

そして、なぜかフェルは、私のことを女の子だと認めてくれない。いや、胸はまだまだ膨らんでないし、髪を短くした男の子っぽいところはあるけど、よく見れば声も姿も美少女だろうに。

と、自身にちょっとナルシストな感想を抱く。

「言われたのは、まだ二回目だな……ちょ、待てっ、おもむろに服を脱ごうとするな！　女の子だというなら、はしたないだろうがっ!!」

「ふっ、女には引けないときがあるのさ」

ここで女の子と認められないと、負けたような気がするんだよね。

きちんとした理由とかは、別にないけど。

「……で、まぁ、結婚の話だったな。ボクとしては協定の手段っていうところじゃないか？　特に貴族の結婚なんて、おもに家と家のつながりの強化が目的と言ってもいいだろうしな。例外としては、恋愛感情と呼ばれる一種の精神的依存関係による結婚もあるみたいだけど……」

「ナチュラルにスルーしたか、まぁ、いいけど……。しかし、フェルは結婚とかできそうにないよね」

フェルの場合、女性嫌いというか、ほとんど人間嫌いの域だもんな。

まして結婚なんて、三階建てのビルから紐《ひも》なしでバンジージャンプして怪我《けが》もせずに着地するくらいの難易度じゃないか？

人は、それをただの飛び降りって言うけど。

「そんなことはないぞ？　ボクには、すでに婚約者がいるからな。もちろん、親同士の契約みたいなもんだが」

「あ〜、そうなんだ。相手はどんな子なの？　もう二人で愛を語り合っちゃったり？」

「ふむ。侯爵家の末娘で前の季節で三歳になったはずだな。まだ一度しか会ったことはないが、ろくに言葉も喋《しゃべ》れない相手と愛は語れないだろう？」

家同士のつながりだけを重視した婚約なら、そういう可能性もあるのか。

しかし、末娘とはいえ侯爵の娘とはなかなか身分差のある夫婦になりそうだ。

それに七歳の年の差も……将来的な価値観の相違とか大丈夫かな？

「フェルが十五歳のときに相手は八歳、ちょっと犯罪臭いな」

「ユーリ、ボクにかなり失礼な想像をしてるだろう？」

「紫の上計画だね。がんばれ、私もフェルの人間嫌い改善には協力するから！」

源氏物語は、文章を現代語に意訳され、短く編集されたやつを読んだことがある。

マザコンをこじらせて、ロリコンの代表みたいになっちゃったイケメンの話、と高校時代の国語教師が暴論を放ってくれたおかげで、興味を持って読んでみたんだよね。

当時の感想としては、人間の恋愛感情というのは千年以上経《た》っても大して変わらないものなんだなということだった。理性で抑えきれない魅力があって、どこかシンプルでありながら、複雑でややこしい感情。

「そのムラサキノウエ計画とやらは、よくわからないのだが……」

そりゃそうだ、この世界の話じゃないから。

「ん？　小さい女の子を捕まえて自分好みの女性にしちゃうよ計画、みたいな？」

「…………」

「…………」

「…………」

「ごめん、謝るから、笑顔のまま無言で見つめるのはやめてくれる？」

「わかればいい」

いや、怖いんだよ。

表情は笑顔なのに、目が一切笑ってないのって……十歳児にできる顔じゃない。

「それで、いきなり結婚だなんて、どうしたんだ？」

「ん～、あ～……」

お父様の両親の話をフェルにするかどうかを悩む。

フェルは私の素性を知らないけど、私はフェルの本名や立場をシズネさんから聞いている。

話したところで、私の素性がバレるとは思わないし、実際のところ、フェルにならバレても問題はないと思っている。

出会ったばかりの相手をなぜそこまで信頼しているのかと問われても、上手《うま》く言葉にはできないけど。それだけの関係を作れていると感じていた。

あ、そうか……私がフェルを気にしている理由のひとつがわかったような気がする。

前世の私が育った施設にも、フェルのような子たちがいた。

幼くして大人になることを選ばざるを得なかったような、そんな子たちだ。

だから、私はフェルのことが気になっていたのだろう。

いわゆる——昔の自分を見ているようで、ってヤツだ。

すごくしっくりきた。が、ひとまずこの思いは横に置いておこう。

こっちは気軽に話せる内容でもないし。

さて、フェルは結婚について小難しい言葉を並べていたが、結局のところ、仕事の契約と同じような感覚なのだろうか？　それが貴族らしいってことなのか？

なんというか、理屈としてはわからなくないけど。

「話してみろ。力になれそうなら力を貸すぞ。ユーリとボクは友達だろう？」

「ぷっ……」

「む？　ボクは何かおかしなことを言ったか？」

私が黙って静かになっていたせいで、かなり深刻な話題だと思ったようだ。気づいたら、フェルがすごく真面目な顔をしてこっちを見つめていた。

この間から思っていたけど、フェルはけっこう友達っていう立場にこだわっているよな。ちょっと可愛《かわい》いとか思ってしまう。

「そうだね……フェルに聞いてもらおうかな」

「ああ、聞くから話せ」

フェルに促されるまま、私はお父様の両親の話から弟《リック》の養子の件まで、個人名ではなく私との関係性を代名詞に、自分の価値観や考え方を交えつつ、ざっくりと説明する。

「ユーリは貴族の生まれだったのか……」

「いや、今の話を聞いての感想がまずソレって、どうよ？」

「すまない。ちょっと意外な気がしてな。よく考えれば魔術を習えるだけの余裕がある家というなら、貴族の可能性だってあったな……」

「まぁ、うちは両親とも庶民的だから、その影響もあるかもね」

ルーン魔術が使えるのは、家には関係なく、誰に習ったわけでもないけど……。

そこを指摘すると追加で面倒な説明が必要になるため、あえてフェルの勘違いを正さない。

「そうだな……ボクとしては、そのお祖父様《じい》の件とやらで、少なくとも誰かが不幸になったようには思えないけどな。もちろん、お父様を産んだお祖母様《ばあ》が、若くして亡くなったことは別としてだ」

そうフェルが言うことは、確かに私も感じていたことだ。

そして、フェルはどこか言葉を選ぶような様子を見せて、話を続ける。

「それにユーリも言っていたが……お父様とお祖父様の間で、何かがあったのか、何もなかったせいなのか、そこがわからない」

「やっぱ、そこに行き着くかぁ……」

「しかし、ユーリの髪と瞳は父親譲りなのか。ボクのとは正反対の美しい色だなん？

「あのさ、変なことを訊《き》くけど……フェルから見た私の髪と瞳の色って、何色なの？」

「は？　両方とも黒だろう？　だから、ボクの白とは正反対だと……」

私がお父様から受け継いだのは、淡いシルバーブロンドにラピスラズリと同じ綺麗《きれい》な青色の瞳だ。

黒色では決してない。

「……それって、見間違いとかではなくて？」

「そんなハッキリした色を見間違えるわけないだろう？　それとも、もっと詩的に艶《つや》めく宵闇のような色だ、とでも言えばいいのか？」

どういうことだ？

仮説として、フェルの言う黒と私が知っている黒は別物とか？

「えっと、フェルが言う黒っていうのは、こんな色？」

適当につまみ上げたクッキーをフェルの目の前にかざす。チョコレートっぽい味のやつだ。前世のチョコクッキーより真っ黒だけど。

チョコレート味のお菓子は、生まれ変わってから食べたことがなかったから、きっとこのクッキーもお高いのでしょう。

「それ以外に黒があるのか？　もちろん、同じ色でも少しの違いで呼び名が異なることがあるというのは知っているが……」

私と同じ色をフェルはきちんと黒だと認識しているようだ。

そもそも私の髪と瞳が同じ色と言った時点で変だったな。

……と、ここで仮説が一つ生まれた。

もしかしてフェルの目には、前世の姿が重なって見えていたりしないか、これ。


昨晩は不思議そうにするフェルをはぐらかしながら、いくつかのことを聞き出せた。

どうやらフェルから見た私は「黒い髪と瞳をした彫りの浅い性別がわかりにくい顔」らしい。

性別がわかりにくいというのは、良く言いすぎた。幼い少年っぽいそうだ。髪が短いせいもあるとは言っていた。

彫りが浅いというと、前世で欧米系の国の人から見た東洋系の人の印象というのを思い出す。

やはり前世の姿が関係していると見ていいだろう。

髪型や体格は、今の身体と一致しているらしい。髪色や顔のパーツに前世の特徴が混じり合っているような感じだった。

確かに私は前世を「隠している」と言えなくもない。

もしかすると、それが理由でフェルの能力が私に通じにくかったのでは？　という予想もした。

前世という最大の隠し事を見破っているために、フェルの能力が他の隠し事を暴けず、結果として通じないという可能性だ。

そうなるとフェルの能力が通じない条件は「異世界からの転生者」となるが……検証するにも判

断材料が足りない。というよりも、ほぼ不可能だろう。レアケースすぎる。

私がルーン魔術で姿を隠しているところを見つかったのは、フェルの能力が私の使っていた姿隠しのルーン魔術よりも威力の強い魔導によるものだからだろう。

どうやら、魔法のルールとして、魔術よりも魔導のほうが魔力の使われる効率が良く、結果として効果が高くなる傾向にあるようだ。

加護持ちが優遇される理由の一つでもある。

フェルの能力のことを考えていて気づいたのだが、魔導は魔法の一種である以上、その働きには魔力が介在していると考えられる。

そこで実際に「瞳に映した相手」というのは、どこまで魔導が適用されるのだろうか？

視線を物理的や魔術的なフィルターに通したらどうなるか？　今度、試してみたい。

どこかゲームの攻略をしているようでワクワクする。

フェルのことはさておき、お父様とお祖父様の件について今後どうしようか。

シズネさんにも期待されたことだし、やはり動こうと思う。

とりあえず、できることは情報収集か……最終的には、お父様やお祖父様の真意が気になる。

お父様やお祖父様、もしくはお祖父様の屋敷に古くから勤めている人に話を聞いたほうが早いだろうか。

ただ、あまり馴染《なじ》みのない人と話すとしても、私の外見年齢《みため》が問題になりそうだし……せめて、十五歳になっていて、成人していれば、選べる選択肢も多いんだけど。

「お嬢様」

「あ、はい、なんでしょうか？」

「何か気になることでもあるのか？　剣の動きに迷いがあるが」

「うっ、ごめんなさい」

ウェステッド村にいた頃やっていたのと同じく、ロイズさんとの朝稽古は、王都の新しい屋敷の裏庭を使って続けさせてもらっている。

それなのに今朝は、素振りをしながら、つらつらと考え事をしていたせいで、上の空になっていた。それが思いっきりバレたようだ。

ううっ、ロイズさんの視線が痛い。

私が全面的に悪いので、謝る言葉以外は何も出ない。

「剣術の稽古は、慣れてきた頃が一番危険だ。今日はここまでにしておこう」

「わかりました。ありがとうございました」

一礼をして、稽古に使った道具を片付け、用意していたタオルで汗をぬぐって、水筒から水分を補給する。

早朝とはいえ、気温は高く、剣を軽く振っただけでも滴り落ちるほどの汗をかいていた。

以前、稽古に夢中になって水分を取り忘れていたら、倒れそうになってしまった。

それからは、稽古中には水筒の用意を欠かさないようにしている。

「それで、何を考えてたんだ？」

「ええと、お父様とお祖父様のことを少し……先日、シズネさんから、お父様の生みのお母様であるケネアお祖母様の話を聞いて」

その言葉に、ロイズさんが眉の端をひそめた。

私は、その表情に気づかなかったことにして、そのまま言葉を続ける。

「ロイズさんは、お父様のことは昔から知っているのですよね？」

「そうだな。かれこれ二十年近い付き合いになるか？　一時期、俺がバーレンシア侯爵の警護担当になってお屋敷に通っていたのが知り合ったきっかけだな」

「それじゃあ……昔、お父様とお祖父様の間に何があったのか、知っていますか？　シズネさんが、ロイズさんなら知っているかもと教えてくれたのですが」

ロイズさんは右手で顎《あご》を撫《な》でながら、「んー」と何かを思い出すように空中を眺める。

「そうだな。残念ながら、俺も詳しくはわからない。ただ、成人してすぐに旦那様が軍に入りたい、と俺を頼ってきてな。本人の意志が固かったし、バーレンシア侯爵からも本人の自由にさせてほしいと言われて、そのようになったんだ」

ロイズさんは、芝生に座ると、私にも適当に座るように言う。

そして、軍では色々なことがあったな、とぽつりぽつりと昔話をしてくれた。

直接お父様とお祖父様との問題の解決につながる内容ではなかったが、昔のお父様の人となりを知ることができた。

ハンスさんやグイルさん、他にも知らない人の名前がいくつも出てくる。

お父様は、人望があるというか、昔から人に好かれるタイプだったようだ。

「そして、俺が軍を辞めるときに、部下として拾ってもらったという感じだな。まったく、人生何があるかわからないな」

「ええ、若いお嫁さんをもらったり、ね？」

「ぶっ。お嬢様…………」

「お茶目な冗談ですよ。しかし、う〜ん……」

お父様が成人した十五歳の頃に何かあったのか？

こうなると、直接聞いたほうが早いかな……どこかにお父様を古くから知っている人がいれば、その人に聞くんだけど。

「……そうだな。お嬢様、よかったら、事情に詳しそうな人に連絡を取ってみようか？」

「おおっ？　ロイズさん、お願いできますか？」

「了解。それじゃあ、連絡が取れたら知らせる」

「ありがとうございます」

「いやいや、まぁ、頑張ってくれ」

それは年下の少女にではなく、同じチームの仲間に告げるような励ましの言葉。

シズネさんもそうだったけど、ロイズさんも私に期待をしてくれているんだろうか。

「あ、そうだ。新しいルーン魔術を試してみたいのですが、今晩、夕食の後にちょっとお願いできませんか？」

「うん、今じゃなくて夜がいいのか？」

「ええ、もう朝ご飯になりますし、今回試したいルーン魔術は、きっと夜のほうが都合いいので」

「ふむ、お嬢様がそう言うなら、わかった」

五年前、転生者であることを告白した日から、たまにではあるが、ロイズさんを相手にして、自身ではなく他人を対象とするルーン魔術の検証や訓練をさせてもらっている。

今回もその一環で、新しいルーン魔術を試してみるつもりだ。今回は成人男性であることが必要なので、ロイズさんにお願いすることにした。

シズネさんには、伯父《おじ》夫婦の件で協力してもらおうかと考えている。そのためにも、色々と試して準備しておきたい。

お父様でもいいのだけど、今はちょっと難しい感じだからな。

「ボスおジョーサマ！　ごはん、できた！」

裏庭にジルが私を呼ぶ声が響いた。そちらのほうを見ると、ジルが嬉《うれ》しそうに両腕を万歳の格好で、大きく振りながら、私へアピールしている。

その少し後ろから、アイラさんもついてきていた。

二人は、お揃《そろ》いのメイド服を着ている。

「ジルちゃん、『ボス』はいらないわよ。それと『朝食の準備が整っております』よ？」

「朝食のジュンビがトトのってます！」

「ちょっと惜しいけど、よくできました」

「えへへー」

アイラさんに褒められて、ジルがはにかむように笑う。

王都に到着してしばらくして、ジルは社会勉強の一環でアイラさんの手伝いをすることになった。メイド見習いみたいな感じだ。

ジルは今までの言動から、ちょっとおバカな印象が強いが、物覚えは悪くないし、度が過ぎたワガママを言ったりすることはない。

オオカミの常識で動くことが多く、人としての振る舞い方を知らなかっただけだ。

言ってみて、やってみて、教えてみれば、徐々に問題のある言動は減ってきた。

母親とアイラさんの尽力もあって、今では、庭掃除をしたり、簡単な料理や洗濯の手伝いをしたり、屋敷の家事において立派な戦力となっている。

それに対抗意識を燃やしたのがリリアだ。

面白いことに、オオカミ姿だったときのジルには、さほど嫉妬《しっと》心を見せなかったのに、人型になれるようになった途端、ライバルとして認定したようだ。言葉が通じるようになったというのも大きいのかもしれない。

リックを巻き込んで、リリアも家のお手伝いに積極的になっている。ジルという存在が、良い方向で影響を与えているようだ。

「それじゃあ、ご飯に行きましょうか」

「そうだな」

なお、その夜の新しいルーン魔術の検証は、だいたい成功だった、と思う。

翌朝、ロイズさんから小さく「また今度、頼むかもしれない」と言われたし、アイラさんがすごく上機嫌だったからな。

攻撃魔術の使えない魔術師

~異世界転性しました。新しい人生は楽しく生きます~

Chapter 4

眼鏡の発注と王都散策

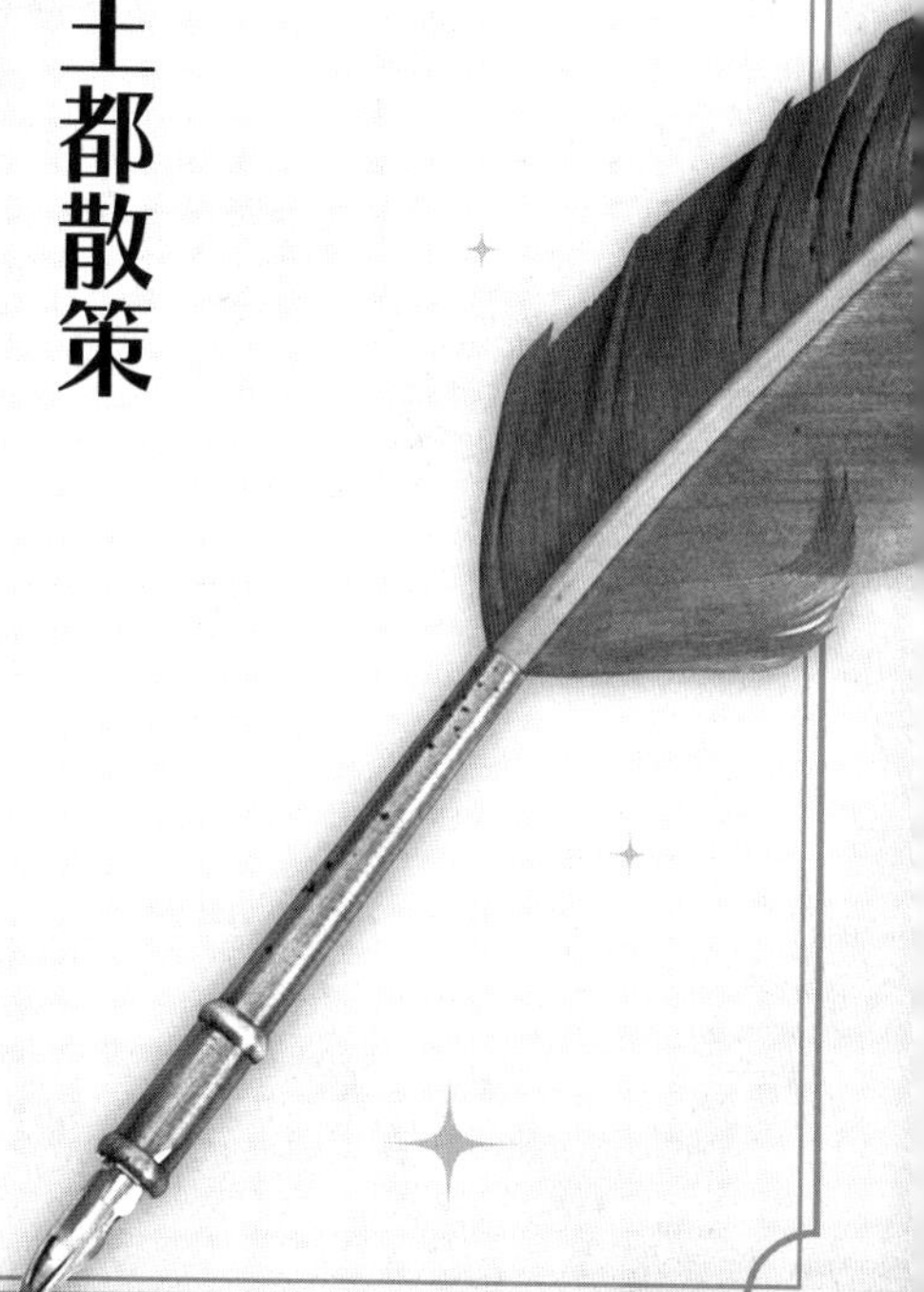

シズマさんが手配してくれた『青き狼《おおかみ》商会』の店員さんの背中を追いかけて、馬車《ばしゃ》街道を進み、途中で細い路地へと入る。

そこから二回ほど曲がり、三回目に曲がった場所に、愛想がない太い文字で『細工店ザム』と書かれた立て看板が置かれた店があった。

確かに口頭で説明されただけでは、この店にはたどり着けなかっただろう。

「失礼しまーす。ザムさんいらっしゃいますかー？　青き狼商会の者ですがー」

「なんじゃー？」

店員さんのノックと呼びかけに応じて、店の戸が開き、中から私よりも背が低い男性がひょっこりと顔を出す。

「すまんが、今日は、何かの納品の期日だったか？」

胸まで届くモジャモジャのひげ、低身長でずんぐりむっくりとした体格で、歳は五十前後くらいだろうか。

その厳《いか》つい姿に反して、口調はフランクなものだった。

この人が、この店の主《あるじ》であるザムさんかな？

「いえ、商品の催促ではありません。今日はうちの副会長から、重要なお客様をザムさんの店まで案内するように申しつかってきまして……ええと、ケイン様、こちらが細工師のザムさんです」

「はじめまして、ケインと申します」

「ザムだ。シズマ坊ちゃんの紹介か、ふぅむ？」

一切の遠慮なく、私の足の先から頭の天辺《てっぺん》までをジロジロと眺めてくる。その視線には、どこかを不思議がるような感情がこもっていた。

「それでは、私はここで失礼します」

「あ、はい、ありがとうございました。シズマさんにもよろしく言っておいてください」

私とザムさんが挨拶を交わして、顔合わせが済んだのを見届けて店員さんは店に戻っていった。

「まぁ、外で立ち話もなんじゃし、中に入っとくれ」

ザムさんの招きに応じて、店内に入ると、部屋の中央にはドーンと大きいが高さのない作業台が置かれており、その上には細工に使う道具、素材らしき金属や鉱石類が転がっている。

作業台の上に置かれた道具はどれもただ「古い」というより「使い込まれた」という言葉がしっくり合う。部屋を見れば、その人となりがわかるというが、ザムさんは実直な職人のようだ。

店というよりも作業場にテーブルと椅子が置いてある、と表現したほうが正しい雰囲気があった。

「えーと、ここはお店……なんですか？　なんか工房みたいに見えるんですが」

「うむ、ワシの作業室兼お店だから間違いではないの。作業に集中したいときは、看板も店の中にしまっとる。看板が外に置いてあるときは店としても営業中じゃ、誰でも勝手に入ってきてもらっても構わん。外から呼びかけてくるやつも多いがな」

「へ～……」

壁際にはたくさんの引き出しがついたタンスがずらりと並んでいる。その一部が棚になっており、そこには素材ではなく、完成している装飾品が並べてある。商品か見本なのだろう。

見事な細工が施された指輪や腕輪といった基本的な装飾類、私の手のひらにのるくらいの動植物を象《かたど》った彫刻のようなものなどが置いてあった。

特に私の目を引いたのは、一番右端に置かれた少女の像だ。多分、花の精霊をモチーフにした銀細工で、いくつかの小さな宝石で飾られている。金属とは思えない柔らかさがあり、とても繊細な作品だ。

室内に物が溢《あふ》れていると乱雑な印象を受けるが、どうやら一定の整頓がされているのか、不快さよりも好奇心を刺激される。例えるなら、玩具《おもちゃ》箱のような部屋だった。

店内に入ってから、そこはかとなく不思議なプレッシャーを感じていた。それは決して悪い気分になるものではなく、神社や寺院の境内のような神妙な場に入り込んだときに感じるのと同じものだ。

なんとなくだけど、お父様の書斎の空気にも似ている？

……ああ、そうか、これはきっと仕事場の空気かな。

「ま、普通の買い物客なんぞは、滅多に来んしの。大体どこかの店の下請けか、以前から懇意にしとる常連が来るくらいかの。あとは、嬢ちゃんみたいに誰かの紹介じゃな」

ザムさんは偏屈そうな見た目をしているが、むしろ逆にかなり柔軟な性格をしているようだ。

ドワーフとポックルの年齢は、見た目からはわからないと本に書いてあったが、まさにそのとおりだった。目の前にいるザムさんは、第一印象は五十歳くらいに見えたが、その言動からするともう一回りくらい若いのかもしれない。

もっとも、異種族の人から見れば、人間のほうが見た目からは年齢がわからないらしいが。

ラシク王国では種族の異なる者同士の婚姻も認められているため、見た目は親子ほど歳が離れて見える夫婦であっても、実は親に見える側のほうが若い、なんてこともある。

「嬢ちゃん、よかったらこっちに座ってお茶飲みながら、話をせんか？」

「え？　あ、はい、いただきます」

部屋の様子に見蕩《みと》れていた間に、お茶を淹《い》れてくれていたらしい。

私は、ひとまず椅子に座ってお茶のコップを受け取った。

「うっ……このお茶ってラルシャの葉が入ってますか？」

「ほう、よくわかったの？」

「この独特の香りはすぐにわかります……」

ラルシャの葉は煎じると生に比べれば格段に苦味が減るが、もともとの苦味がものすごいため、少し混ぜるだけでも薬みたいな味になる。肉の臭み消しをしたり、味の濃い料理の薬味に使ったりする分にはすごく便利なのだが。

だが、このお茶からはラルシャの葉の香りが強烈にするんだけど……。

「身体に良いんじゃ。ほら、飲んで飲んで」

「うう〜……ごく、っん……苦っ!?　甘っ!?」

なにこれ、苦くて甘いんですけど。

苦いのは覚悟していたけど、予想外の甘さに噴き出しそうになったのを慌てて飲み込んだ。

どっきり？　いたずら？　嫌がらせ？

……かと思ったら、ザムさんは普通に飲んでるし……。

「なんでこんなに甘いんですか、これ？」

「うむ。そのままだと苦いからの、ハチミツと砂糖をたっぷり入れとる」

ドワーフって人間種と味覚が違うの？　それとも、ザムさんが変なだけ？　そこはかとなく後者な気がする。

「すみません、お水をもらえませんか？」

「ほい、どうぞ。嬢ちゃんも苦手かの。なんで皆飲めないんじゃろ。こんなに美味《うま》いのに……」

……いやさ、お水がすでに用意してあるのって、どうよ？　ザムさんはこの特製茶によって数多くの犠牲者を出してきたに違いない、絶対。

「それで、嬢ちゃんが欲しいのは何じゃ？　指輪？　腕輪？　それとも髪飾りかの？」

って、あれ？

「ん？　何か不思議そうな顔をしとるが、どうした？」

「えっと、なんで私が嬢ちゃんだと？」

さっきからずっと「嬢ちゃん」と呼ばれていなかったか？

あまりに自然だったからスルーしてたな。

「ああ、そんな男っぽい服装をしておろうが、変なまやかしを使っとろうが、見るもんが見れば、わかるもんじゃ」

「そうですか……ザムさんて、加護持ちなんですか？」

「ふむ？　なんでじゃ？　そんなもの持っとらんが？」

質問の意味がわからない、というキョトンとした顔をされてしまった。

服装だけでなく魔術でも誤魔化しているとはいえ、通じない人には通じないのかな。

フェルに続いて、ザムさんもか。

バレてばっかりだな、私の変装。いや、まぁ、まだ二人だけとも言えるけど。

何事も過信しすぎは良くないってことか。

「それで、作ってもらいたいものですが、眼鏡を作ってほしいんです」

「眼鏡？　嬢ちゃんは、目が悪いのかの？」

そう、この世界は、高価だがレンズがすでにあった。おもに望遠鏡、観劇に使う手持ちの双眼鏡、老眼や細かい作業の補助具として使われている。

「そうじゃなくて、えーと、伊達眼鏡《だてめがね》ってわかりますか？」

「ふむ……？　ダテというのがよくわからんの」

「伊達眼鏡というのは、レンズの部分が歪曲《わいきょく》してない平らな眼鏡のことです。それとレンズはガラスではなく、薄く削った軟水晶《ソフトクリスタル》を、使ってほしいんです」

「ガラスを使わずに軟水晶《ソフトクリスタル》を使う理由ってあるのかの？」

私の注文に鋭い目つきで、今度はザムさんのほうから質問をしてきた。

「伊達眼鏡なら、レンズのように精密な曲面が必要ではないので軟水晶《ソフトクリスタル》でも十分ですし、その分ガラスを使うよりずっと軽い眼鏡が作れるからです。あと軟水晶《ソフトクリスタル》は、魔力との親和性が高いので、そこも重要なんです」

「ふ〜む。パッと聞いた感じだと、普通のレンズを使うよりは安上がりじゃが、それなりの金額がかかりそうだの。嬢ちゃん、払えるかの？」

ザムさんがちょっと考えて、私の顔を見ながら悩ましげに提案をしてきた。

私の年齢的に、親にお金を出してもらうと予想しているのだろう。子供の玩具としては、高い値段だと言っているのだ。

「ええと、いくらくらいになりますか？」

「実際に材料を集めてみないとわからんが、軟水晶《ソフトクリスタル》をレンズ代わりにするとして……最低でも一〇万シリルからで、おそらく一五万シリルは必要かの？」

うん、前世の量産品の眼鏡と比べれば十倍以上の値段だ。けど、この世界はまだまだ、物づくりの多くが手作業だし、技術料的なものを含めて言えば、正当な値付けと思う。

それに、手持ちの財布から払えなくもない。

「わかりました、ひとまず二〇万シリルをお渡ししますから、お願いします」

「ほお」

小金貨を二枚取り出して、机の上、お茶のコップの横に置いた。

ザムさんに、私の本気が伝わったのか、目つきがより真剣なものに変わる。うん、いいね。

用意してきた模型が無駄にならなそうだ。

針金とルーン魔術を使って前世の眼鏡に近い形のものを作ってきた。いや、最初は自前で作ろうと色々試したのだ、けれど、眼鏡っぽい何かしか作れなかったのだ。

結局、専門家に依頼をするのが一番だと考えて、シズマさんに細工師の紹介を頼んだ。

「それと眼鏡のカタチに関して、こんな感じで作れますか？」

失敗作とはいえ、色々やりたいことを考えついていたので、説明するときに便利だろうと思って持ってきた模型を掛けて見せる。

「ここが折れ曲がって使わないときはたためる感じで、鼻当ての部分をこんな感じにして……ここには緩衝材として、肌当たりの良い素材を固めたものをつけて……」

「ほう……ふむ……」

別に特別な仕組みではなく、鼻当ての部分に樹脂みたいなものを使ってもらい、耳に掛けて鼻当てで支えるタイプの眼鏡の構造だ。

「なかなか面白い。別に突飛《とっぴ》な発想っていうわけじゃないが、この模型は、眼鏡の仕組みとして上手《うま》くできとる」

「それで？　いつぐらいにできあがりますか？」

「今から作業を始めれば、明日には試作品ができそうじゃな……いくつか作って検討するとして、次は三日後以降に来てもらってよいかの？　それと、この模型は預かってもよいか？」

「それは大丈夫ですけど……そんなにすぐできるのですか？」

あれ、そんなにすぐできるものなの？　これがプロと素人の違い？

「むふっ、この依頼に関しては、最優先で仕事するぞ。久々に面白いものが作れそうじゃ」

「あ、ありがとうございます」

なんか、ザムさんの職人魂に火がついたようだ。今すぐにでも、作業をしたそうなソワソワ感が伝わってくる。

「それじゃあ、悪いが、今日はもう店を閉めるぞ。またの」

そう宣言するが早いか、ザムさんは、眼鏡の模型を作業台の上に置くと、店の外に出て看板を持って戻ってきた。そして、すぐさま作業台に向かって何やらごそごそと作業をし始める。

その様子を見ていたが、ものすごく作業に熱中しているらしく、ぶつぶつと素材の名前やら技法やら私のわからない独り言を言っている。私のほうはちらりとも見ない。

「……お邪魔しました～～」

一声かけるがこちらに気づいた様子すらなかった。そのまま、ザムさんの店から、こっそり外へ出た。

そして、良い匂いがする串焼きの屋台を見つけて、今日のお昼ご飯は串焼きに決めた。

「あちち……はむ、もぐもぐ……」

味はホタテのバター焼き、食感的には牛のヒレ肉みたいな感じかな。

今日のお昼ご飯はグラススネイルの串焼きだ。先日のディナーでは串揚げにしたが、これは炭火で焼いたものだ。端がちょっと焦げて香ばしいのも良い。

大きさとしては、焼き鳥の串ではなくバーベキューの串のサイズ、と言えば伝わるだろうか？

間に野菜は挟まっていなくて、串一本まるまる肉だけが刺さっている。

これは王都民御用達の定番メニューだ。

屋台の横でもぐもぐとグラススネイルの肉を噛《か》みしめながら、私は路端に腰をかけ、道を行く人たちを眺めていた。

この街では様々な種族の人を見ることができる。

その中でもっとも多いのは人間、今も目の前の道を人間の老若男女が行き交う。ラシク王国の住民のうち、九割五分は人間とされている。というのも、ウェステッド村の幼馴染《おさななじみ》たちもそうだが、なんらかの異種族の血を引いていても、両親のどちらかが人間ならば、法律上の種族は人間として扱われているからだ。

ローブを着ていかにもといった杖《つえ》を持っているエルフ。笹《ささ》の葉形の耳と痩せた長身で整った顔立ちをしているのが特徴。

両手剣を背負った鱗族《うろこぞく》の剣士。身体の要所に爬虫類《はちゅうるい》のような鱗を持ち、縦に割れた瞳孔を持っている。

その剣士と真剣に商談をしているドワーフの鍛冶《かじ》師の男性、ゼムさんと似ている。ひげのせいで年齢がわかりにくい。女性の場合、ひげが生えていないが、成人するとふくよかになる人が多くて、やっぱり年齢がわかりにくいらしい。

グイルさんと同じ服を着た牙族と爪族の女性の二人組。牙族の女性は、グイルさんと違って茶色の垂れた犬耳をしている。爪族の女性は、白いふわふわの猫耳をしていた。

屋根よりやや高い位置を飛んでいる翼族の男性。その機動力をもって配達や伝令などの職に就くことが多い。両手で籠を抱えていたから、なんらかの配達人だろう。

ゴザを敷いてアクセサリーを売っているポックルの女性。クータ君とは違い、多分成人なのだろうが人間の子供と同じくらいにしか見えない。人間とは耳の形が違い、半円型のため区別はつく。

どこかの宗教の布教活動をしているらしきマーマンの司祭。側頭部にある飾りのようなヒレと、指の間に少しある水かきが見て取れる。水と縁が深い種族なので、水精霊教会の教徒の可能性が高いかな。

など、この世界の種族は大まかに、この九つの種族に分かれる。

以前読んだ『人類とその大いなる特徴』と題された研究論文の中身を思い出しながら、串焼きの残りをお腹の中に収めていく。

「ん、美味《おい》しかったよ」

「おう、それはよかった」

私は素直な感想とともに、串を串焼き屋のおじさんに返す。おじさんは嬉《うれ》しそうに笑顔を浮かべて、串を受け取った。

串は一回で使い捨てではなくて、串として役に立たなくなるまで洗って何度か使うようだ。最後には火付けに使うというのだから、無駄のない原始的なエコだなぁと思う。

「グラススネイルの串焼きは、いくつか食べたけど、おじさんのが一番だね。味付けがちょっと特別？　なんか、果物っぽい感じがしたけど」

「ほほう、ぼうず、いい舌しているな。そこまでわかるなら大したもんだ」

ちょっとしたリップサービスをすると、おじさんの笑みが大きく広がって、ニッコニコである。

短髪のちょっと強面《こわもて》で、ラーメン屋の店主とかが似合いそうだ。ただ、客商売に向いていないわけではない。人好きのする笑顔だ。

別に口先だけの褒め言葉というわけでもなく、この店の串焼きは繊細な味付けがいい感じで、本当に美味しいのだ。高級なレストランで出される料理みたいな味がするというか。

あ、王都に来てから、何度かそういう店で食事もしている。これでも貴族のご令嬢なので……マナーの勉強の一環でお母様やアイラさんと一緒にランチに行くこともあるし、家族の団らんとしてディナーで利用することもある。

「おじさん、そこのピンク色の液体って何？」

「これか？　これはいくつかの果物の果汁を絞って混ぜたもんだ」

「お酒？」

「違う違う、むしろ、酒が飲めないヤツが頼むもんだな」

「じゃあ、それを……いくら？」

「コップ半分で一〇〇シリルだよ」

「なら、コップ一杯分で……」

財布にしている小袋から小銀貨を一枚渡して、おつりに銅貨を八枚もらう。

カップを傾けて、一口飲むとオレンジ系をベースにマンゴーとスイカが混じったような味がする。

サッパリとした味で飲みやすくて、これも美味しい。

ちょっとぬるいのが残念だけど、こんな人前で大っぴらにルーン魔術を使うわけにもいかないよなぁ。冷やしたら、もっと美味しそうなのに。

「ごちそうさま」

「おう」

飲み干したジュースのカップを返す。

今日の屋台は大当たりだった。いくつかの屋台を試したけど、また食べに来たいと思った屋台は初めてだ。

しかし……

「こんなに美味しいのに、あまり人が来ないな」

ぽろりと感想がこぼれ落ちた。

昼食どきにもかかわらず、私が串焼きを食べ終わるまで屋台に来た客は三人ほど、メニューを見て帰っていったのが二人なので、一人前しか売れていない。

「うっ……」

「あ、すみません……」

「いや、謝らなくていい。本当のことだからな。ちぃと場所が悪いんだ、ここ」

さっきまで笑顔だったおじさんが急にションボリとして、愚痴り始めた。

「それに、出しているのも特別に珍しい料理でもないからな……この屋台を出すため、色々研究して、旨《うま》い串焼きを作っている自信はあるんだ。けど、旨いものを作るための材料費のせいで、値段をより高くしないといけないしな。迷わず買ってくれた坊ちゃんのほうが珍しいぜ」

確かにこの路地は、人通りが多いとは言えない。グラスネイルの串焼きは人気がある分、扱っている屋台の数も多く、ゼムさんの店に行く途中の大通りでも、おじさんと同じような屋台をいくつも見かけた。

それに言われてみれば、他の店に比べて値段が一〇〇シリルほど高かった。他の店が一本で二〇〇シリルくらいなのに、この店は一本で三〇〇シリルとなっている。私は美味しそうな匂いにつられて、気にせず買ったけど。

大雑把《おおざっぱ》に王都の物価事情を話すと、食品や日用雑貨の類《たぐい》は比較的安く、逆に嗜《し》好《こう》品や金属類は割高のようだ。

特に割高だなと思う嗜好品は、香辛料や煙草《たばこ》などだ。お酒も嗜好品だが、これはピンキリっぽい。食事をするだけなら、一食あたり銅貨で五枚、五〇〇シリルもあれば成人男性でもお腹が膨れるといえば、わかりやすいだろうか？

そうなると、一〇〇シリルの差は決して小さくないことが理解できるだろう。

「なんかもっと珍しくて旨い料理とか出せばいいんだけどよ。ただ珍しいだけだと売れなくてな」

「あー、なるほど……」

ゲテモノというほどではないが、特定の種族をターゲットにしたような屋台も見かけることがある。他の種族には売れないだろう料理で、激辛だったり、匂いがきついものだったり、素材が独特な郷土料理だったりする。

ただ、そういった店には一定の需要があるため、潰《つぶ》れずにほそぼそと続いていることが多い。だが買ってくれる客が少ない料理なので、後追いで出店するには厳しいだろう。

おじさんが選択したように、グラススネイルの串焼きという無難な料理の屋台を出すのは間違っていないと思う。それに、多分、どこか名のあるレストランで修業したのではないか？　と思わせる腕前もある。

「んー、よければ、私が何か考えてみようか？」

串揚げとか、珍しいし、売れそうな気がする。

屋台で串揚げをやるとして、あれをああして、こうして、シズマさんに話を通して……いけるか？

ちょっと準備が必要そうだな。

「はっはっは、坊ちゃんに気を使わせちまったかな。ありがとうよ」

「今日すぐは無理だけど、三日後か四日後もここで屋台を出してる？」

「おう、今の巡りが終わるまでは、ここで屋台を出すつもりだ。期待せず待ってるぜ」

「わかった。期待しないで待ってて」

そう言いながら、軽く手を振って、私は軽食の屋台を後にした。

懐も温かいし、私は可愛《かわい》い弟妹とジルのためにも何かお土産を買うべく露店チェックを再開する。

武器や防具の店にも入ってみたいな。けど、今は気になる店の場所を確認するだけに留《とど》めておく。

今度、もっと時間に余裕があるときに入ってみよう。

とりあえず、このままシズマさんのところへ向かおうかな。お土産はその途中で探そう。

Chapter 5

王国についてのあれこれ

「毎度あり〜」

「ありがとう。さて、こんなところかな」

二千シリルを支払い、紐《ひも》で縛ってつなげられた干し肉を受け取った。これはジルへのお土産だ。

串焼きの屋台の件については、色々な準備をシズマさんに相談してきた。そして、シズマさんはいつもの二つ返事で引き受けてくれた。

チンピラの下っ端のような喋り方をしているが、シズマさんは知性的で、あらゆるものごとへの理解力が高い。私の頼み方は、いつも具体的な説明が足りなくて、ふわっとしているのだが、シズマさんはいくつか質問をしながら、やるべきことを明確にしてくれる。一を聞いて十を知って百を考えているような感じだ。今回の屋台で串揚げを出す案についてもそんな感じで、ほんとデキる人だなぁと再認識した。

いくつか露店を見て回ってお土産を買った。土いじりが好きなリックには色々なハーブの種、おしゃれに興味が出てきたリリアには可愛らしいパステルカラーのリボンにした。

さて、そろそろ帰ろうかなと考えていると、見覚えのある犬耳と尻尾を見つけた。

「グイルさん、こんにちは」

「ん？　……もしかして、ユリアちゃん？」

「正解。よくわかったね？」

少年に変装している姿を見て一瞬悩むような顔をしたが、すぐに私だとわかったようだ。

「いや、雰囲気が全然違うから自信はなかったんだけど、声の質とかでなんとなく。そんな格好をして何してるの？」

まぁ、顔見知りですし？　こっちから声をかけたんだから、男装がバレても仕方ないよね。

「お買い物とお散歩かな。そういうグイルさんは、お仕事？」

グイルさんの服装は、旅行中のラフな格好とは違い、王国軍の制服をきっちり着こなしている。

「ああ、オレのほうは巡回中だよ。オレやハンス副長が所属する地軍は、こうした王都の治安維持も仕事の一環だからね。特に、この付近は所属する隊の担当なんだ」

グイルさんて、軍人をしている割には人の良さそうなオーラが出ているんだよな。おとなしい大型犬というか。

……あっ、犬のおまわりさん！　軍人とか警察官というより、おまわりさんだ！

個人的に、すごく納得してしまった。

「まぁ、ユリアちゃんなら大丈夫だとは思うけど……裏通りとか、あんま危険な場所には行かないようにね。いくら腕に自信があるといっても、まだまだ小さいんだし、それにルーン魔術《アレ》は秘密なんだろ？」

「もちろん、危険なことはしないから」

グイルさんみたいな誠実な人に心配そうな顔をされると、なかなか下手な反論もできない。

私も積極的に危険な場所に行くつもりはないけど、私のほうがグイルさんより強いからなぁ。

王都までの旅の途中、ロイズさんの提案で、何度かハンスさんとグイルさんにも稽古の相手になってもらった。

そこでグイルさんとはルーン魔術なしで引き分けくらい、ルーン魔術ありなら私の圧勝だった。前の屋敷では稽古の相手になるのが、ロイズさんとイアンしかいなかったから、いまいちわからなかったけど、今の私は素でも新米の一般兵並みには戦えるようだ。

なお、ハンスさんには魔術なしだと負け、強化系のルーン魔術を二つほど使って引き分けくらい。ロイズさんとは、かなり卑怯《ひきょう》っぽいルーン魔術を使わない限り一撃も与えられないほどの実力差がある。

ちなみに、お父様とは、勝っても負けても気まずそうなので試合するのは避けている。たぶん、ハンスさんよりちょっと弱いくらいかなと見ているけど。

「あ、グイルさん。この格好のときはケインって呼んで」

「ケイン？　……了解。ケイン君は、これからどこに行くの？」

ノリがいいというか、子供のごっこ遊びに付き合ってくれている感じかな。

「ん、もう帰ろうかと思っていたとこ。それじゃあ、グイルさん、お仕事頑張ってね」

「気を付けて帰るんだぞ」

そう告げて、グイルさんと別れようとしたとき、

「わっ！」「おっと」

「つと、お兄さんゴメンなさいー！」

私より少し小柄な少年とぶつかってしまい、倒れそうになった私をグイルさんが慌てて支えてくれた。

「ユ……じゃない、ケイン君、大丈夫？」

「ええ、グイルさんのおかげで転ばずに済んだよ。ありがと」

「怪我《けが》はなくてよかったけど、そうじゃなくて……今のってスリじゃ？」

「…………えっ？　ああっ」

何枚かの硬貨を入れた小袋が、ズボンのポケットから煙のように消えていた。


「で、グイルは、そのスられるのを黙って見逃した、と」

「うっ……すみません」

「ハンスさん、それは倒れそうになった私を助けようとしてくれたから！」

と、ハンスさんのからかいに本気で凹《へこ》んでいるグイルさんのフォローをしておく。

スリの少年を追いかけようにも、人混みにまぎれてあっという間に見えなくなってしまった。

それからグイルさんの提案で、私はグイルさんと一緒に地軍の詰め所にやってきた。

ちょうどハンスさんが待機中だったので、詰め所の個室を借りて、現状の説明をしたところだ。

「で、被害はどのくらいなんだ？」

「んー、お金が八万シリル程度と小袋が一つかな……小袋はお母様に作ってもらったやつなので、最悪、お金は戻ってこなくてもいいので、小袋だけでも返してもらいたいんですけど」

「……八万シリルかぁ、おれらが動くにはちょっと微妙な額だな。もちろん、ユリアちゃんのお小遣いとしてはすごい額なんだけどさ」

「ん？　お小遣いじゃないですよ？　私が提供したアイデアと技術の代金なので、自分で稼いだお金です」

「ほ〜、さすが。じゃあ、一応だけど、その少年の特徴を聞いておこうか」

ハンスさんは、机の引き出しから紙を取り出すと、ペンをインク壺につけながらさらさらと書きだした。

これがいわゆる事情聴取みたいなものかな？　そういえば、前世も含めて、取り調べを受けるのって初めてかもしれない。

「少年で私より少し背が低いくらい、それ以外はよくわかりません」

「オレが見た感じだと身長は大体一三〇イルチ、やや細身で、髪は茶色で肩下くらいの長さ、人間にしては珍しく透き通るような緑の眼をしていました」

さすがは本職だけあって、あの一瞬で犯人の特徴をきちんと覚えていたようだ。

「言い訳っぽいですが、あっという間に裏道に逃げ込んだのを見るに、それなりに土地勘がある常習犯かもしれません。服はあまり綺麗《きれい》ではなかったので、不定民の可能性が高いかと」

「不定民ね……一応、軽犯罪班に連絡を入れとくか」

「……グイルさん、この場合の罪ってどのくらいの罰になるんですか？」

「金銭の窃盗は総額一〇万シリル以下なら額に応じた鞭《むち》打ち、一〇万を超えていると強制労働所送りかな。まぁ、被害額なんか結構曖昧だったりするから、裁判官の判断によって変わる部分も大きいんだけど」

政治と商売に関する法律は読んでいたけど、こういった刑罰の部分は読み飛ばしてたんだよね。

……しかし鞭打ちか。

「ハンスさん、それじゃあ、今回の金額についてはなかったことにしておいてもらえます？」

「……ユリアちゃん、いいの、それで？」

「どうせお金は戻ってこない可能性が高いでしょうし、私もいい勉強になったと思えば安くついたほうです」

「相変わらずユリアちゃんは、考え方が子供離れしてるなぁ」

「ハンスさんは、三十歳には見えないくらい子供っぽいですね」

「……ユリアちゃん、それ褒めてないぞ」

別に褒めてないからな！

まぁ、内ポケットに入れておいた金貨類は無事だったし、今後もお風呂関係の定期収入で、かなりの金額は見込めている。

きっと、遊ぶ金欲しさではなく、生きるための行動だったのだと思うとあまり責める気持ちにはならない。もちろん、前世の道徳観の影響と今の自分が裕福だからこその偽善かもしれないが。

「しかし、あの手際だとギルド所属でしょうか？」

「所属しているにしても、してないにしても面倒な話だけどな」

「ギルド？　何の話ですか？」

「ん、まぁ、ユリアちゃんならいいか。ユリアちゃんは、ギルドってわかるか？」

ギルドについて話す前に、ラシク王国の組織について、ちょっと整理してみよう。

王国内には大きく勢力別に三種類の団体がある。

一つ目が、王族と貴族。王宮議会という名称で、王をトップとした代表貴族たちによる団体が王国の統治を司《つかさど》っている。王国軍もここの配下組織という扱いになっている。国で一番力がある組織と言っていいだろう。

二つ目が、宗教系の組織だ。大きな団体が五つある。

四属性の精霊王を信仰する各精霊教に、眠れる神を信仰する唯神教だ。いずれも国境に縛られず、国を超えて大陸全土に勢力を広げている組織でもある。

もちろん、ラシク王国の支配地にある精霊院や教会は、名目上ではラシク王国の認可を受けているという立場にあるので、王国内の一勢力としてもいいだろう。

そして、三つ目が、ギルドと呼ばれる各職業の分野によって分かれる国内の就業者の集まりだ。

これは王国の保護下にある組織とされるが、各ギルドの幹部に与えられる権力は下級貴族のそれを上回る。

そのため、自身の関係者をギルドの幹部にしようと画策する貴族も少なくはないらしい。

「ラシク王国では、商人ギルド、職人ギルド、学者ギルド、冒険者ギルドの四大ギルドをトップとした互助組織、ですよね？」

例えば、商人ギルドには行商人や鉱石商人、冒険者ギルドには冒険家や傭兵《ようへい》などを仕事とする人たちが所属している。

互助組織、つまり、本来は同じ職業の人同士が助け合うために自発的に生まれた集まりだったが、途中から国の干渉が入るようになった。

国は各ギルドの特権を認めるかわりに、ギルドは所属しているメンバーから税金を徴収する義務を負わせている。もっとも、徴税する権利は、それはそれでギルドの特権と化していたりもするが。

私に一番関係がありそうな魔術師ギルドは、学者ギルド配下の系列ギルドとされている。そのため、魔術師ギルドに所属すると同時に学者ギルドに所属することにもなる。

ちなみに一人が複数のギルドに所属することは問題なく、各ギルドの所属条件さえクリアすればいい。魔術師であっても、自分で商会を立ち上げるために商人ギルド配下の何らかの商売に関するギルドに所属することなど、よくあるケースといえる。

このギルドは、ラシク王国で生まれた社会的なシステムであるため『グロリス・ワールド』の設定にはなかった。冒険者ギルドとか、ゲーマーとしては、すごい心惹《ひ》かれるんだけどな。

「そう、表向きはその四つだな。ただ、王国には五番目のギルドと呼ばれる組織があって……通称、罪人ギルドというんだ」

「ざいにん……犯罪者の集まりということですか？」

「もちろん王国がつけた公式な組織名じゃなくて皮肉を利かせた自称だけどな。ちょっとした立場にいる者なら、誰でも知ってるくらい巨大な組織だ。たぶん、貴族家の当主なら知ってて当たり前だな」

だから、オレも気にせずにユリアちゃんに説明しているわけだけど、と言うハンスさんに、小さく溜《た》め息をついてグイルさんが説明を続けてくれる。

「そもそも……必要悪みたいな側面もあってね。ある程度統制の取れた巨大な組織のため、王国側としても潰《つぶ》すに潰せず、ほどよくお互いの距離をとって共生している感じ。で、そこの配下にはスリ師の集まりであるスリ師ギルドもあるんだ。さっきの少年が、そのギルドに所属しているなら小袋くらいは取り戻せたかな……でもそれはそれで面倒になったかな、という話」

グイルさんが困ったような難しい顔をする。

ん～、つまりはマフィアとか暴力団みたいなのの親玉って感じか。悪人には悪人の秩序があるから、その均衡を下手に崩すと蜂の巣をつついたような事態を引き起こすってことだな。

「その罪人ギルドの配下には、ほかにどんな系列ギルドがあるんですか？」

「はっきりとわかってないけど、泥棒ギルド、諜報員《ちょうほういん》ギルド、闇商人ギルド、荒事師ギルドあたりは有名かな。噂《うわさ》だと暗殺者ギルドもあるって言われているが、嘘《うそ》か本当かはわからないよ」

「おれは本当だと思ってるけど。毎年、犯人が捕まらない不可解な殺人事件も少なくないからな」

ハンスさんが少し脅かすような口調でそう言った。

「仮にあの少年がその罪人ギルドの系列ギルドに所属しているとして、少年を捕まえて取り返した場合、そのギルドはどうします？」

「ああ、別に犯罪者を捕まえたからといって、即座に抗争が起きたりはしないさ。それが下っ端であれば特にな。罪人ギルドにとって、王国軍に捕まるような構成員は本人の腕が悪いってことになっているからな。別に罪人ギルドは、王国の崩壊や王の座を狙っているわけじゃない。変な話だが、王国が平和だからこそ、罪人ギルドなんてのを名乗っていられるというわけだ」

私の問いかけに、ハンスさんが答えてくれたが、なんとなく理解はできたと思う。

「もちろん、ギルドの幹部とかを捕まえようとすると、かなり大変なことになるけど……。例えばその少年が罪人ギルドにものすごい貢献をしている場合、裏で貴族と取引をして、減刑とかそもそも犯罪の黙認をさせるとかな。けど、たかだか下町のスリ少年だしなぁ」

ハンスさんはどこか他人事《ひとごと》のように言う。たぶん、罪人ギルドの対応は、ハンスさんが所属している隊の管轄ではなく、別の専用部署があるからだろう。

こうなると、小袋は直接取り戻しに行ったほうが早いか。

「それで、ユリアちゃんはどうする？」

「あ、ハンスさんも、この姿のときはケインって呼んでください。一応、お忍びなのです」

「ぷっ、りょーかい」

「で、まぁ、今日はもう帰ります。弟たちへのお土産がありますから」

「今日は、か……ケイン、一人でスリ少年を捕まえようとか思ってないよな？」

うわっ、ハンスさんのくせに鋭い。

そんな勘はもっと女心を知るために使えばいいのに。まぁ、私も女心については、まだよくわからないけど。

「捕まえようだなんて思っていません。今回のことはいい勉強だったと思っている、って言ったじゃないですか」

「ふむ……ならいいけどな」

「………ケイン君、あのさ、捕まえないいけど、自分で小袋を取り戻そうと思ってるとか？」

「げっ……」

上手《うま》くハンスさんを言いくるめられたと思ったのに、グイルさんめー、余計なことをー。

「ケイン、女の子が『げっ』とか言わない……で、グイルの言ってることは当たりなんだな」

今は男の子だからいいんですー。とは、言い返さない。

「まぁ、ちょっと会ってお話し合いで解決できればいいなー、とか」

「でもどうやってあの少年を見つけ………ああ、魔術か」

はい、正解ー。

小袋はもともと私のものなので、多分探知のルーン魔術で見つけられると思うんだよな。

いま試してもいいけど、荷物があるから今日は家に帰って、明日にでも改めて探すつもりだった。

「ケイン、このことをお父様に報告してほしくなければ、その少年に会いに行くときにグイルを連れていくこと」

「えっ？　そんなグイルさんのお仕事の邪魔は……」

「平気平気。ケイン君、治安維持はオレらの仕事だって言っただろ？」

「そういうこと。約束できる？」

二人が私を見る目が、何だろう、こう、「しょうがない子だなぁ」っていう目だ。

ここで約束しないと両親にすべて報告されて、今後の活動に支障が出ることは間違いない。内緒にしたいのも変に心配させたくはないからだし。

「う～……約束、します」

「よし、いい子だ」

ハンスさんがガシガシと私の頭を撫《な》でる。完全に子供扱いだよな。

いや、私は子供なんだからハンスさんの対応は間違ってない。私がハンスさんの立場でも同じようにやるはず。

最近、ちょっと自分が子供だということを忘れがちだ。気をつけねば、うん。

さて、可愛い弟妹とワンコが待つ我が家に帰ろうか。


「えーと、反応はこっち側ですね」

「やっぱり、こっち側か……着替えてきて正解だったよ」

スリにあった翌日、私はグイルさんを連れて、小袋に対する探知のルーン魔術の反応を頼りに王都を歩いていた。

探知のルーン魔術が問題なく使えることは前夜のうちに確認しておいたが、今も問題なく小袋があるだろう方向をきちんと示してくれている。

大通りから離れると、徐々に周りの建物が汚く、辺りの雰囲気が王都の他の場所とかけ離れたものになってきていた。

事前に言い含められたとおり、十二番隊の詰め所にグイルさんを呼びに行った私をハンスさんと私服を着たグイルさんが待っていてくれた。

今のグイルさんは、動きやすそうな上着に厚手のズボン、身体の要所だけを守るような堅い皮の部分鎧《よろい》を着けている。王都へ来るまでの旅行中に着ていた服装で、一見すると旅の護衛か傭兵のような感じだ。

私も詰め所に用意されていた服に着替えている。安い布製の上着とズボンを着て、擦《す》り切れた古いローブをかぶって、ハンスさん曰《いわ》く、貴族っぽい髪と顔を隠した。

それと私もグイルさんも、腰に剣を吊《つ》り下げている。

ルーン魔術が示す方向へと進んでいった結果、荒れ果てた建物にたどり着いた。

「この建物の周りを一周してみたけど、反応はこの建物のちょうどあの辺りかな」

私はグイルさんに二階の一ヵ所を指さして、反応のある場所を示す。

「一見廃屋のようだが、人が住んでいる気配はあるね。もっともこの辺りは、似たような建物ばっかりだけど」

「そもそも、この辺りの建物の所有者って、どうなっているの？」

ふとした疑問が浮かんだので、グイルさんに訊《き》いてみる。

「あ～、オレも詳しくは説明できないけど、簡単に言うとね。ここら辺は『居住特区』という名称で管理されているんだ。本来、王国内の町や村に定住する場合は、場所と家の大きさに応じた居住税を払う必要がある。けれど、『居住特区』に住む場合は、その税金を払わなくていい」

「でも、そうしたら、全員、その区画に住もうとするんじゃない？」

「そうだね。だけど、税金を払わない場合は、都市の居住者としての身元の保証がされない。そうなると仕事に就けなかったり、公的な施設を使えなかったりというデメリットを受けることになる」

「なるほど。ん？　それだと、都市に定住していない旅人とか行商人はどうなるの？」

「ギルドが身分を保証する形になるね。その上で、都市内のホテルに泊まる場合は、そこで身元の保証はされるし、えーと、そうだ。確かホテルの代金の中に逗留《とうりゅう》税ってのが含まれてて、それが居住税の代わりになる……はず」

ああ、そういえば、商売関係の法律の中でホテルの項目にそんな単語があったな。ホテルの運営者が払う税金かと思っていたが、名目上は宿泊者が払う税金なのか。

「あ、もしかして、昨日ハンスさんが言っていた不定民というのは？」

「そういうこと。居住特区に住んでいる住所も戸籍も不定な人々……のことだね。正規な公称じゃなくて、俗称だけど、王都の住民にならだいたい通じるよ」

どこかやるせないような感じでグイルさんがこぼした。

「さて、相手のアジトは突き止めたけど、ケイン君。どうする？」

「そうだね。とりあえず、私は小袋を返してもらいたいだけだから、普通の態度で真正面から行こうか。逃げたとしても、小袋を持っている以上、逃げ切れませんし」

忍び足などをせず、堂々とした足取りで私は廃屋の中に入っていく。

突入する前に魔術で調べたが、建物の中には人らしき反応は小袋の近くにある一つだけだった。

多分、例のスリの少年だろう。

建物の玄関から入り、階段を上がって、目的の部屋の前までサクサクと移動する。グイルさんは、背後を警戒しながらついてきてくれた。

「ん？」

「どうかした？」

目的の部屋に着く直前、なにか空気が変わったような気配がした。

それと、誰かに呼ばれたような？

「今、なにか違和感が、それに私を呼ぶ声が聞こえたような……」

「この辺りは、色々騒がしいからね」

確かに、遠くから喧嘩《けんか》をするような声が聞こえたけど、そうじゃないな……なんか、こう切実に訴えるような声が聞こえたような……気のせいかな。

「とりあえず、入ってみる？」

「そうだね。一応、声はかけてみようか。失礼、どなたかいますか？」

コンコンと扉を叩《たた》いて、比較的落ち着いた声で丁寧に呼びかける。

私の声に反応したのか、部屋の中で誰かが動いている音が聞こえた。

しかし、しばらく待ってみるが中からの反応は返ってこない。

「どなたもいらっしゃらないなら、中に入らせてもらいますが？」

再び扉を叩いて、そう声を上げると、

「あ、あの……ポルナちゃんのお友達ですか？」

今度は扉の向こうから少女の声が聞こえてきた。

……さて、どうしよう？

まず、ポルナちゃんというのは、誰だろうか？　もしかして、例のスリの少年の名前だろうか？

「私は、ポルナ君とは友達というか、お仕事の知り合いだよ。昨日の件で、少し話したいことがあってね」

さも以前から彼の名前を知っていましたよ、という雰囲気をにじませて曖昧に答えた。

「……お仕事先の方ですか？」

「ん、まぁ、仕事先で知り合ったという感じ、かな？　今、ポルナ君は？」

「今日は朝からお買い物に行ってて、多分、お昼になるまで帰ってきません……その、えっと……」

扉の向こうで、何かためらっているような感じがした。

グイルさんが私に「どうする？」という視線を送ってきたので、軽く右手を広げて「少し待って」という合図を返す。

と、そこで少し扉が開いて、少女がその隙間からこちらを覗《のぞ》いてきた。

茶色の長い髪と美しい緑の目をしており、歳は私と同い年か少し年上に見える。グイルさんが見たスリの少年と容姿が部分的に一致する。多分、肉親だろうか？　姉か妹かな？

ただ、その瞳を私とは合わせようとしない。

「お初にお目にかかります、お嬢様。どうぞ、私のことはケイン、連れはグイルと呼んでください」

「よろしく」

私の挨拶に合わせ、廃屋に入ってきて初めてグイルさんが声を出す。

そこで初めて私の横に立っているグイルさんの存在に気づいたのか、少女のほうがビクリとちょっと震える。

「安心してください。私たちは別に貴女《あなた》とポルナ君を害するつもりはありません。お嬢様のお名前をお聞きしても？」

「ペルナです。……ケインさんとグイルさん？　その、ポルナちゃんが帰ってくるまで、中で待っていますか？」

いくら相手が丁寧な物腰で接してきたにしても、無用心だなぁ……ペルナちゃんの行動に、思わず心配をしてしまう。いや、私が言うことじゃないけど。

まぁ、ポルナ君とやらとは、少々お話し合いがしたいし、ここは遠慮なく中で待たせてもらおう。

そして、扉を開けて、その姿を見せたペルナちゃんは、特徴的な細長い耳を持っている。どうやら、少女の種族はエルフのようだ。

服や顔は少々薄汚れているが、なかなかに愛らしい容姿をしている。磨けばうちのリリアに負けないくらいの美少女になりそうだね。

「どうぞ……」

「お邪魔します」

「失礼します」

グイルさんと一緒に部屋の中に入る。

部屋の中は、外と比べていくらか整っており、人の住んでいる生活感があった。ペルナちゃんとポルナ君、その両親が暮らしているのだろうか？　それにしては、ちょっと物が足りないような気がする。

「え、ええっと、そ、その辺りにお腰をお掛けください。あの、お飲み物はいかがですか？　その、水しかありませんけど……」

「お構いなく……あと、無理に改まった口調じゃなくてもいいですよ。そうだ、グイルさん、しばらく待つみたいですし、飲み物を買ってきてくれません？」

「ん、了解」

私は財布から小銀貨を取り出して渡そうとしたが、「それくらいオレが出すよ」と、断られてしまった。グイルさんが出ていくと、部屋の中には私とペルナちゃんが残る。

お互いテーブルを挟んで向かい合わせに座っているのだが、先ほどから、ペルナちゃんが私のほうを向いては、何かを言いかけようとして、再び顔を背ける。

「あの、ちょっと聞いていいかな？」

「は、はいっ！」

「ペルナちゃん、と呼ばせてもらうね。ペルナちゃんとポルナ君以外に、ここに住んでいるのは？ご両親もお仕事かな？」

「ポルナちゃんとわたしの二人だけ……です。その、親は……いません」

やばっ、地雷を踏んじゃったかも。

「ごめんね。悪いことを聞いちゃったかな」

「ううん、いいんです。あの、わたしからも訊いていいですか？」

「いいよ、何かな？」

「ポルナちゃんは、どんな仕事をしているんですか？　何か危ない仕事をしていませんか？　できるなら、姉であるわたしがポルナちゃんの面倒を見てあげないといけないのに、その、わたしがこんなだから……」

ペルナちゃんが、自分の力足らずを悔やむような、ポルナ君を心配しつつ悲しむような表情を浮かべる。

……そう言う彼女の目は、光を映していなかった。

参ったな……というのが、正直な感想だ。

前世で小学校からの帰り道に、たまたま通った公園で段ボール箱に入った子猫を見つけてしまったときと同じ気分だ。

愛玩動物の不法放棄は条例に引っかかるから面倒だ、とか、そういう方向ではなく。おもに感情

的な面で。

科学技術が進歩し、文明が発展した前世の世界であっても、人から情というものが無くなることはなかった。

感情の意図的な完全抑制なんていうのは、漫画や映画などの中だけの話であって、日々を平和に暮らしている人間ならば「公園で見つけた子猫に情が移る」ことだって十分ありえる。

結局、暮らしていた施設に連れて帰って皆で里親を探して、無事に新婚の若い夫婦にもらわれて飼われることになった……あの子猫は元気に育っただろうか。

「あの、ケインさん？」

「え？」

「急に静かになりましたけど、その、やっぱり……ポルナちゃんは危険な仕事を……」

「ああ、ごめんね。その、ちょっと、考え込んでしまいました」

うっかり前世の思い出に没頭してしまった。

ペルナちゃんは、私の沈黙を悪い意味で受け取ったらしく、ものすごく辛《つら》そうな顔をしている。

「ポルナ君の仕事ですが……実は、私のほうも詳しくは知らないんです。その、昨日初めて、彼の仕事場で会ったばかりなので」

できるだけ嘘にならない言葉で、質問をはぐらかす。

ここで「弟さんはスリをしています」とか、物事をキッパリ言えない日本人の性質は、まだ私の心の中に元気に生き残っていた。

「そう、ですか……すみません、変なことを訊いてしまって」

「いえ、私のほうこそ、ごめんなさい」

その謝罪に二重の意味を込める。

一つはポルナ君のことをよく知らないこと、もう一つは彼女の目のことだ。

ルーン魔術を使えば、ペルナちゃんの目は、治療することができるかもしれない。

けれど、その治療を施すことを、私は即断できないでいる。

寝ていれば治るただの怪我や病気ならば、何も感じずに放っておけた。

家族が失明したならば、私は迷わずにルーン魔術を使っただろう。

けれど、ペルナちゃんは違う。今さっき知り合ったばかりで、まだ友達ですらない。

第一印象としては悪くはないし、ちょっと話しただけでも彼女のことはかなり気に入っている。

もし、私が彼女の治療をしたとしよう。彼女は、そのことを感謝するだろう。秘密にしてくれと頼めば、秘密にしてくれるかもしれない。

ただ、私は今後、彼女と同じような少女を見かけるたびに同じことができるのか？　と考えるとためらってしまうのだ。

いずれも、ＩＦが付く想像上の話になるが。

そもそも……私がここに来たのは、お母様が作ってくれた小袋を取り戻すだけのはずだったのに……。

「あの、また私から質問していいかな？」

「はい……なんでしょう？」

「昨日さ、ポルナ君が小さな布の袋を持って帰ってこなかった？」

「あ、はい！　お土産にって、わたしはわからないのですが、とってもキレイな色の袋だよって、教えてくれました。それがどうかしましたか？」

……………諦めるか。グイルさんが帰ってきたら、小袋のことは忘れて今日は帰ろう。

こうね、見た目は年下なエルフの美少女？　幼女？　が、ちょっと大人びた雰囲気を漂わせながら、男――ただし弟からのプレゼントに、照れくさそうな笑みを浮かべている。

そこに「その小袋は私のものなので返してください」と言えるほど、私は空気が読めない人じゃありません。

と、色々と決心をしたとき、部屋の扉が開いた。

「姉ちゃん、ただいまー……あれ？　誰か来ているの？」

「おかえりなさい。ポルナちゃんのお知り合いが来て待っているの」

「……昨日はどうも」

内心で小さく溜め息をついて、椅子から立ってポルナ君に軽く会釈をした。

「えっ……？」

私が昨日の仕事相手だったことに気づいたのか、ポルナ君の顔に動揺が走った。

どうやら記憶力は悪くないようだ……タイミングは最高に悪いが。

Chapter 6

居住特区での出会い

「ポルナ君、昨日の仕事について、ちょっと話したいことがあったんで寄らせてもらったんだ。突然訪問して、ごめんね」

私の存在に気づいて戸惑うポルナ君を先制し、争う意思はないことを伝えようとしたが、伝わっただろうか。無理かなぁ。まぁ、このまま押し切るか。

「ペルナちゃん、申し訳ないけど、彼と重要な話をしたいから、ちょっと彼を借りていくけど、いいかな？」

「あ、はい！　どうぞ！」

「じゃあ、ポルナ君、下で話そうか」

私はポルナ君が気持ちを立て直す前に彼の片手を掴《つか》むと、部屋から出て、階下に向かう。

彼は私に引きずられるまま、おとなしくついてきた。細い手をしている。

ちらりとポルナ君の顔を見ると、青ざめた表情で……ん？　今まで気づけなかったけど、もしかして……？

階段を下りて、そのまま一階の適当な部屋に入る。

「…………」

「さて、ひとまずは自己紹介からしようか。私のことはケインと呼んでほしいな。君のことは、ポルナちゃんと呼ぶね？」

「……好きにすれば？　それで、金を取り返しに来たんだろ？」

現状が理解できたのか、私に剥《む》き出しの敵意をぶつけてくる。

けど、まだ理解が足りないな。

「んー、まぁ、最初はそういうつもりだったんだけどね。諦めて帰ろうかなって、思っていたところかな」

「どういうつもりだ？」

「ポルナちゃん、私が君に説明する必要はあるかな？」

「っ!!」

私は生きていくためにお金を奪うことは「純粋な悪」だとは思わない。

何らかの理由で、そうせざるを得なかった結果ならば、の話だ。

前世の古い哲学者カルネアデスが語った思考問題で、『カルネアデスの板』という倫理学の話がある。

船が難破し、一人の男が溺れないように板切れに掴まっているところに、もう一人の溺れかけた男が近づいてきて、同じ板にしがみつこうとする。しかし、その板に二人がしがみついたら、板が耐えきれずに二人とも溺れてしまう可能性が高いとする。

その場合、もともと板に掴まっている男が、近づいてきた男の手を振り払い、結果として近づいてきた男が溺れ死んでしまっても、罪に問われなかった、という話だ。

確か、これは前世でも法律的に保護されていた行動だと思う。

ポルナちゃんの話と『カルネアデスの板』の話は、細かくいえば違うのだが……。

幼い姉妹が生きていくためには仕方ない行為だった、と考えられる範囲だろう。

そう、しっかりと見ればわかるのだが、ポルナ君ではなく、ポルナちゃん。スリの少年は、スリの少女だった。

「ペルナちゃんには、仕事《スリ》のことを話してないんだって？　君のこと、すごく心配していたよ？」

「別に、それこそお前には関係ない話だろ!!」

「そうだね。本来なら、関係のない話だったと思うよ……でも、私はペルナちゃんのことが気に入ったからね。ポルナちゃんとペルナちゃんだったら、彼女の味方をするよ」

「姉ちゃんに、スリのことをバラすつもりか？　それとも姉ちゃんを気に入ったから、アイジンにする気か？　ガキのクセに、これだから金持ちは!!」

声を荒らげて威嚇してくるが、暴力に訴えてくる様子はない。

私が腰に差している剣を警戒しているのだろうか。ポルナちゃんの視線が時折、腰のあたりに向いている。

しかし、ペルナちゃんを愛人にするには、お互いにちょっと歳が足りてないんじゃないかな。

ああ、今から私好みのレディに育てるとか？　私がそれをやるのは、かなり悪趣味っぽい気がするけど……もちろん冗談だ。

「言葉づかいに気をつけたほうがいいと思うよ？　私を怒らせても、君は何も得をしない。それどころか、危険な目にあうかもしれないね」

「お、おどす気か？」

「安心して……。心優しいペルナちゃんに免じて、二人の害になるようなことをするつもりはない。

ここに来たのもお金じゃなくて、布の小袋だけを返してもらおうかと思ってたんだ。でも、それはペルナちゃんの手元にあるらしいし、無理に取り返す気もなくなったからね」

「はっ……お情けありがとうございます。とでも答えれば満足かよ」

うーん、嫌われてるなぁ。まぁ、当たり前か。

自分がちょっと悪役っぽいことを言っている自覚はある。

「忠告するけど、今回は私だったからよかったけれど、スリを続けるといつか辛《つら》い目にあうことになると思うよ？」

「うるさい、余計なお世話だっ‼」

「もっときちんとした職を探すか、養児院にお世話になったりするつもりはないの？」

「はっ、わかったような口をきくなよな。おれらみたいな子供がまともな職を見つけられるわけないだろ！　それにおれと姉ちゃんは、養児院から逃げ出してきたんだよ！」

あー、なんだろう……、泥沼にハマった気がする。

「あれ、ケイン君、こんなところで……ああ、彼が例の少年か？」

と、ちょうどそこへグイルさんが顔を出す。廃屋に戻ってきたら、この部屋から人の声がしたから様子を見に来たのだろう。この状況を見て一目で察したようだ。

その両手にナコルの実を抱えていた。正確に言うと実じゃなくて茎なんだけどな。

ナコルは、棘《とげ》のないウチワサボテンみたいな植物で、硬くて薄い皮の中に甘みのある液体を大量に蓄えているのだ。節の一つがちょうどヤシの実くらいのサイズで、それが何個かくっついた感じで生えている。

味もヤシの実ジュースに近く、缶ジュースなどないこの世界において、子供に人気の飲み物だ。

グイルさんの登場でポルナちゃんの緊張が増す。

まぁ、私は剣を持っているとはいえ、同い年くらいの子供だけど、グイルさんは大人で立派な剣士に見えるしな。牙族という種族的な見た目も大きいだろう。

中身は犬のおまわりさんだけど。

「グイルさん、ちょうどいいところに。この子が例のポルナちゃんでした、男の子じゃなくて女の子だったみたい。ポルナちゃん、こちらはグイルさんだよ。今から、詳しい話を聞こうと思ってたんで、グイルさんも一緒にいてください」

「これ以上、何も話すことなんてあるもんか！」

どうやら、まだ立場がわかってないみたいだな……正直、この悪役っぽい会話がちょっと楽しくなってきた。

グイルさんはナコルの実を持ったまま、黙って私のやることを見守ってくれる。

「そうだね。それじゃあ、私の質問に一つ答えてくれるたびに、これを一枚あげよう。もちろん、昨日、私からスったお金は、あげたものとしよう」

「!?」

私はポケットから銀貨を取り出して見せる。

「質問は五つ。だから、全部で五万シリルまでもらえるね。悪くない取引でしょ？」

「……何が聞きたいんだよ？」

「まずは、君たちの両親について……父親は人間、母親はエルフで、その男の愛人だった？」

これは単純な推理だ。ペルナちゃんはエルフなのに、ポルナちゃんの見た目は人間である。

この世界の異なる種族で子供をもうけた場合、子供は、両親のどちらかの種族的特徴しか受け継がない。が、髪や瞳の色に関しては、種族に関係なく両方から受け継ぐ可能性がある。

ポルナちゃんは人間には珍しいが、エルフの特徴としては珍しくはない透き通るような緑の瞳を持っていた。ペルナちゃんとお揃《そろ》いだし、名前も顔も似通っているので、同じ両親の姉妹だろう。

ポルナちゃんが憎々しげに言った「アイジン」という言葉からも、推測できることである。

そこから、彼らの母親は、社会的な立場のあるどこかの金持ちに、家の外で囲われた愛人だったのでは？　と考えたのだ。

「……そうだよ」

「なるほどね。それで、ポルナちゃんたちがいた養児院の名前は？」

銀貨を一枚渡しながら、次の問いをする。

別に両親がどうなったか、とまで問い詰めるつもりもない。

「名前は知らない、ただ街の南西にある赤い屋根の建物だ」

「その養児院は……どんなところだったの？」

「ふんっ、最低なとこだぜ。メシは少なくてまずいし、職員の機嫌を損ねると殴られる。もっとも機嫌がいい大人なんて一人もいなかったけどよ」

差し出してきた手に銀貨を二枚のせる。ポルナちゃんはそれをすばやく懐にしまった。

養児院か……私も他人事《ひとごと》じゃないんだよな。いや、前世の私はペルナちゃんやポルナちゃんと比べれば平穏な境遇だったのだから、一緒にしたら申し訳ないか。

「ペルナちゃんの目が見えないのは、生まれつき？」

「つ！　さっきから、何のつもりだよ！　変な質問ばっかりしやがって！」

「ポルナちゃんは、私の質問に答えれば、お金がもらえる。そういう約束でしょう？　答えるの？　答えないの？」

「……違う。養児院にいる頃から徐々に悪くなっていったんだ」

やっぱり、先天的なものじゃなくて後天的なものか。詳しくは調べてみないとわからないけど、それならなんとかなりそうだ。

また一枚を渡そうとしてて、いったんやめて、最後の質問の分と合わせて二枚を渡す。

ポルナちゃんが変な顔をしているが、別に構わない。

「ペルナちゃんの目が、また見えるようになると言ったら、ポルナちゃん、君はどうする？　代わりに何を差し出せる？」

「つ!!　どういう、意味だ……」

「私の見た感じだと、ペルナちゃんの目は魔術で治すことができると思う。それとそういった魔術が使える魔術師にも心当たりがある」

というか、自分自身のことだけどな！

私がこの質問をしたのは……彼女の覚悟を知りたかったからだ。

あのとき、私は隠していた秘密を捨ててでも、お母様を助けたかった。

ポルナちゃんにとってペルナちゃんは欠かすことのできない大切な人だろう。

だから、私はその覚悟を聞いてみたいと思った。

ポルナちゃんは、しばらく考え込んでいたが、ゆっくりと私に向かって口を開いた。

「お金なら、いくらだって払う。一生をかけたっていい！」

「……そのお金はどうやって稼ぐの？　スリで稼いだお金なんて、欲しくないね」

「まじめに働くさ！」

「でも、私は別にお金が欲しいわけじゃないよ。それにポルナちゃんがまともに働けるなら、そもそもスリなんてやってないでしょ？」

悔しそうに歯を食いしばるポルナちゃん。それでも目は諦めていない。

必死に私を納得させるための答えを考えている。それがすごく好ましい。

「ケイン……さんの言うことなら何でも聞く、死ねと言うなら死んだっていい」

言い切ったなぁ。けど、もうちょっと試させてもらおう。

「私にとってポルナちゃんを殺す意味があると思う？　それにポルナちゃんが死んだら、ペルナちゃんは悲しむでしょ？　私には、意味もなく女の子を傷つけたり、悲しませる趣味はないね」

私がここまでポルナちゃんを試す資格があるのかと問われたら、あるとは言い切れない。

多分、私がペルナちゃんを助けるための、最後の踏ん切りをつけるため、ポルナちゃんを使おうとしているのだろう。

「…………」

「…………」

「……姉ちゃんの目が悪くなったのは、きっと、おれのせいなんだ。いつも、おれを守ってくれて、食事だって、おれにゆずってばっかりで……だから……姉ちゃんを……」

その顔は涙とか鼻水とかでグチャグチャになっていた。ちょっと意地悪しすぎちゃったかもしれない。

「……おねがいじまず！　姉ぢゃんの目を治じでぐだざいっ‼」

「うん、わかった。私ができる限りの協力を約束しよう」

私の軽い返事にポルナちゃんが呆気《あっけ》に取られた顔になる。

「もちろん、今後はポルナちゃんがスリをやめて真面目に働くのも条件だよ。仕事に関しては、ちょっと試してみたいことがあるので、上手《うま》くいったら仕事を紹介できるかもしれない。さっき渡した銀貨があれば、数日はもつでしょ？　しばらくの間、ゆっくり考えを整えたほうがいい……そもそも、私のことを本当に信頼していいのかも含めてね」

「…………なんで、こんなに、おれたちに良くしてくれるんだ？」

ずずっと鼻をすすって不思議そうな声を漏らした。その疑問はもっともだろう。

「しいて言うなら、自己満足かな。それと私は子供が好きで、子供を見捨てる大人が大嫌いだから」

「…………自分だって子供のくせに」

ははっ、泣いたばっかりで、もう皮肉が出るのか。

私には助けることができるだけの魔術とお金があって、ただ気持ちだけが追いついていなかった。

だから、助けることに大した理由があるわけじゃない。

そうしたいと思ったから、ただそれだけ。

親のいないペルナちゃんとポルナちゃんの姉妹に前世の自分の姿を重ね合わせたのも否定しない。

上手く言葉にならないから、これ以上の言い訳はしないけど。

「さてと、そろそろペルナちゃんのところへ戻ろうか。ポルナちゃん、今、ここで話したことはペルナちゃんには、まだ話さないでね」

「なんでだよ？　いや、なんでなのです、か？」

「ぷっ……無理に丁寧な話し方をしなくてもいいよ、別に」

「……そうなのか？」

「ああ、ポルナちゃんが私に恩を感じるのは自由だけど、私は別にポルナちゃんが無理することは望んでいない。名前もケインって呼び捨てで構わないから。それとペルナちゃんに今の話をしない理由だけど、私のほうで色々と準備があるから、それが整うまでは黙っていてほしいんだ」

「ケインがそう言うなら……」

「よろしくね。ペルナちゃんに強く訊《き》かれたら答えてもいいけど。とりあえず、戻ろうか」

二階に戻ると、私はナコルのジュースを飲みながら、ペルナちゃんとポルナちゃんの姉妹と積極的にお喋《しゃべ》りを楽しんだ。グイルさんは、壁際の木箱に腰掛けて静かにしていた。

そうして、仲良くなって、二人の警戒心を解いていく。ポルナちゃんも言葉は少ないながら、会話に参加してくれる。

部屋に戻った私たちに、ペルナちゃんが何か訊きたそうにしていたけど、あえて気づかないふりをした。

ポルナちゃんも、私に言われたことを守って静かにしている。この分なら、私の気持ちの整理がつくまで、黙っていてくれるだろう。

「へぇ、ポルナちゃんはホットケーキが好きなんだね」

「小さい頃の話ですが、目をキラキラさせながら食べていました。ただ、口いっぱいに詰め込んだからむせてしまって、そのせいで泣き出したりして、大変でした」

「ふふふっ。そりゃあ、可愛《かわい》いね」

「はい、ポルナちゃんは可愛いんです」

「う〜！　うう〜!!」

私とペルナちゃんの会話を聞いて、ポルナちゃんがジタバタしている。会話を遮るのは悪いけど、あまりに恥ずかしい話をしてほしくない、という気持ちが伝わってくるようだ。

姉妹が小さい頃の話になると、ペルナちゃんはすぐにポルナちゃんとの思い出を語り出す。ペルナちゃんのポルナちゃんが大好きな気持ちが伝わってきて、ほっこりする。

ちなみにペルナちゃんは今年で十四歳、ポルナちゃんは十二歳になるようだ。二人とも、年齢の割に小柄なのは、それだけ今までの生活が良くなかったのだろうと思うといたたまれない。

そして、最後にちょっとだけ、ルーン魔術を使ってペルナちゃんの様子を診させてもらう。

「顔に手で触れるけど、力を抜いて楽にしてね」

「はい」

「《アム　フーニース　ドエ・ルオ　テラール》《手で触れた其の全てを知る》」

相手の能力を詳しく探る魔術は、対象が私を信頼してくれていないと【一角獣の加護】によって効果が発生せずに失敗となる。

対象の名称や体格を知るくらいなら問題ないのだが、相手の力を強制的に暴こうとすると攻撃の一種として判断されてしまうようだ。

ルーンを唱えると、ペルナちゃんのステータス、つまり年齢や性別、身長や体重といった個人情報から、持っている魔導や状態異常などの情報が文字となって私の中に浮かんでくる。

「ん？」

……へー、良い素質を持ってるね。

なかでも【精霊の加護】がいい。魔術師になるには、とても使い勝手の良い魔導だ。それにゲームと違って、得ようと思って得られる魔導ではない。魔術師になるなら、良いアドバンテージとなるだろう。

さて、軽い現実逃避はここまでにしよう。

「あー」

うん。

「人形化の呪い《カース・オブ・ドーリィ》」ってなんだろうなぁ、これ。

いや、状態異常の一種なのは知っている。

ゲームと同じならば、状態異常の「呪い」というのは、それ単独で何か不利になるものではない。

「呪い」という状態異常は、『一定の条件において、状態異常を引き起こす状態異常』という、非常にトリッキーなものだった。

例えば「火災の呪い《カース・オブ・フレイム》」だと、たとえタバコの火のような小さな火種でも、ちょっと触れただけで「火傷《やけど》」や「鈍痛」といった状態異常になってしまう。

ペルナちゃんが今受けている「失明」とか「味覚障害（中）」とか「麻痺（弱）」の状態異常は「人形化の呪い」が引き起こしていると見ていいだろう。つまり、複合的に五感を失わせる効果がありそうだ。

「なぁ、ケイン……姉ちゃんは、大丈夫、なんだよな？」

私が考え込んでいる様子を見て、ポルナちゃんが不安に感じてしまったようだ。

「大丈夫か大丈夫じゃないかで言えば、ペルナちゃんは大丈夫だと思う。けど、う〜ん」

「な、なにかダメなのかよ？　おれは、どうすればいい？」

「あ〜……」

多分、ルーン魔術で呪いを解くことはできる。ゲーム的に言えば、別にごく普通の状態異常だから、そこは問題なさそうだ。

けど、解いていいのか？

そこがわからない。だから、即決できない。判断をする時間をください。

「まずは、ごめん」

「ご、ごめんって、どう……」

「ああ、違う、違って……さっき言ったことをなかったことにさせてもらいたくて」

「ええっ!?　なんで!?　やっぱり、ダメだったのかよ！」

あ、やばい。焦って、余計不安を煽《あお》るようなことを言っちゃった。

「ちょっと私の話を聞いてー!?　なかったことにしてほしいのは、私のことを信頼できるようになるまでしばらくのあいだ待つように言ってたこと！　悪いんだけど、このまま二人には、私の家に一緒についてきてもらいたいの」

「え？　え？　それってどういう……」

「……？」

「今から説明するから……うんと……」

ナコルのジュースを一口飲んでから、二人に話すべきこと、話さないほうがいいことを考える。

「まず初めに、ペルナちゃんの目は、私のほうで、なんとかできると思う」

「おっ！」

「……？」

途端にポルナちゃんが嬉《うれ》しそうな顔になる。ペルナちゃんは、相変わらず、話についてこられないようなキョトンとした感じだ。小首を傾《かし》げて、考え込んでいる。

「……え、な、治るんですか？」

「うん、治るよ。私がなんとかする」

「ありが……」

「の前に、ちょっと待ってね！」

勢いよくお礼を言おうとするペルナちゃんを止める。なんか、こう早合点しがちなのは、よく似た姉妹だなぁ。

「グイルさん、知っていたら教えてください。呪い系統の魔術って、王国ではどういう扱いになりますか……」

「は？」

「えっと、例えば、誰かに呪いをかけたら何らかの罪に問われたりしますか？」

「まあ、そりゃあ、なるよ。それは、普通に相手を殴るのと一緒だし、いや、呪い系統の魔術の利用は許可制だから、無断でそういうことをやっていたら、その罪も上乗せになるね」

「ふむ……」

ちょっとうろ覚えだったので、グイルさんに確認を取ってみたが、以前、王国の刑法を軽く勉強したときの記憶は正しかったようだ。『呪術行使に関する制限』みたいな法律があったはずだ。

「ペルナちゃん、ポルナちゃん、正直に話すからよく聞いてほしい。ペルナちゃんの体調不良は、呪いによるものだと思う。今すぐに悪くなることはないけど、念のため、私と一緒に来てほしい」

「えっ、呪いって、なんだよ、それ」

「大丈夫、怪我《けが》も病気も呪いも同じようなものだから」

「……ケイン君、オレはちょっと違うと思うけど」

グイルさん、どれもルーン魔術で治せるんだから、同じと言ってもいいでしょ！

「はい、ケインさんと一緒に行きます」

「姉ちゃん？」

「ポルナちゃん、ケインさんがそう言うなら、そうしようか。ここには戻ってこないつもりで、大事なものだけまとめてもらっていい？」

「いいけど……」

「大丈夫よ、みんなもそれがいいって言ってるから、ね」

みんな？

ちょっと気になる言葉もあったけど、ひとまず後回しだ。

今は素直に移動してくれるならありがたい。

「グイルさん、このまま二人をうちに連れていきたいです。ペルナちゃん、悪いんだけど、グイルさんに抱っこしてもらっていいかな？　その、たくさん歩くのはツラいでしょ？　グイルさん、お願いできる？」

「本人がいいなら、オレは大丈夫だ」

「大丈夫です」

ポルナちゃんが、部屋の隅にあった木箱から、色々と取り出してボロいリュックの中に詰め込んでいる。着替えもあまり持っていなさそうだ。

その準備が終わり次第、グイルさんにペルナちゃんを抱き上げてもらい、私たちは二人の隠れ家を後にした。

Chapter 7

大人たちと姉妹と私

「お父様、ハンスさんとグイルさんをお連れしました」

「おう、呼ばれてきたぞ」

「ハンス副長〜、もっとお行儀よくしてくださいよ〜」

ハンスさんは、実はすでに何度か屋敷に訪れているので慣れているが、我が家を初訪問したグイルさんは緊張してしまっているようだ。

今は、ペルナちゃんたちと出会って屋敷に連れてきた夜。夕飯は終わっており、お母様と双子、ジル、アイラさんはもうそれぞれの寝室に向かっていて、ペルナちゃんたちも客室で休んでいるはずだ。

「あっはっは、いいんですよ。ここにいるメンバーだけなら、ハンスみたいに気を使わなくても。それに、呼び出したのはこちらの都合だからね。グイルも気楽にして」

「は、はい」

お父様が立ち上がって、二人を迎える。私がハンスさんとグイルさんの二人を案内したのはパーラーだ。パーラーというのは、居間というかリビングルームの一種だ。

屋敷には食堂や応接室も別に設けてあるが、直接パーラーにハンスさんとグイルさんを連れてきたのは、それだけ二人がバーレンシア男爵家にとって気安い間柄であることを示す。

実はシズネさんもパーラーに通されることもあるが、シズネさんの場合は敬意を込めて、まず最初は応接室に通すのがマナーであったりもする。

部屋の中央にソファっぽい長椅子とそれに合わせた高さのテーブルがあり、いつもは家族でくつろぐための部屋になっている。

パーラーには、お父様の他にはロイズさんが待っていた。テーブルの上には、素焼きの瓶と人数分の木製のコップ。アイラさんが作ってくれたであろう、カナッペのようなツマミものっている。

ちなみに、屋敷の使用人で住み込みなのはロイズさんとアイラさんだけで、数名のおばちゃんメイドや雑役の男性が何名か昼間だけ通いでやってくる。屋敷の規模的に手が足りなくなってきたので、お父様が知り合いから信用が置ける人を紹介してもらったらしい。

「それでは、乾杯！」

お父様が、瓶からワインをコップに注いで、私以外の全員に配る。

宴会の参加者に一杯目に振る舞う飲み物を用意して、乾杯の音頭をとるのは、その会の主催者の役割で、これもちょっとしたマナーである。

これが飲み会ではなく、食事会ならば、主催者はメインの肉料理を取り分けたりするし、舞踏会ならばファーストダンスを踊る。我が家では大体、お父様の役割になる。

もちろん、何十人も参加する宴会の場合は、全員に飲み物を注ぐのは難しいので、一杯目の用意を始める際に合図をしたり、乾杯の挨拶だけで済ます場合もあるようだ。

席順は、私から見て左隣がお父様、その横にロイズさん、私の目の前の席がグイルさんで、お父様たちの前にハンスさんがいる。

ちなみに私のコップに入っているのは、甘酸っぱい木苺《きいちご》のジュースだ。

宴会は、当たり障りのない日々の雑談が進んでいた。ただし、グイルさんだけは時々チラチラと私のほうを見てくる。

そろそろかなと思い、お父様の袖を軽く引いて合図をする。お父様も私を見て小さくうなずいた。

「グイルさん、何か聞きたいことがありそうですね」

「あ〜、ん〜……」

ポルナちゃんとの話し合いからほとんど喋《しゃべ》らずに、帰ってくる途中もずっと何かを聞きたげな様子のグイルさんに声をかけた。

「その……だな、ユリアちゃんはなんで彼らを助けようと？」

「んー、ほとんどが、私の自己満足ですね。それと子供は好きなので、結婚したら子供は五人くらい欲しいですし」

深刻な顔をしているグイルさんには悪いけど、冗談っぽくあえて軽く流すように答えてみる。

あれ、でも、産むのは私か？　…………そこは深く考えないようにしよう。

「け、結婚っ!?」

しまった。お父様の前ではしてはいけない話題だったか……話が進まなくなりそうな予感。

「はいはい。落ち着けって、今日はそんな話をするために集まったんじゃないだろ」

「んっ、ごほん。ええ、そうですね。そんな話はないですね」

「しかし、相変わらず子供っぽくないというか……お嬢様と話していると、年上の人と話している気分になるな」

「……ちょっと大人っぽくなりたいお年頃なんです」

ロイズさんが、爆発しそうだったお父様を即座になだめてくれる。助かった！

まぁ、前世と合算した精神的な年齢なら、ロイズさんの次に、私が年長だけどね。にじみ出てしまう大人っぽさっていうの？　そんな感じなわけよ。

お父様とロイズさんには端的に話していたけど、ハンスさんもいることだし、最初から話したほうがいいかな。

「念のため、最初から話しますね。まず、私が昨日スリにあったのですが……」

ポルナちゃん――最初は名も知らない少年だと思っていたけど――に、財布をスられたところから話を始める。お父様とロイズさんには初めて話す内容だが、誤魔化す必要はないだろう。二人ともポルナちゃんのことを改めて咎《とが》めるようなことはしない柔軟な性格をしていると思っている。

それから、グイルさんを連れて居住特区に向かったこと。

ペルナちゃんとの出会いとポルナちゃんの覚悟について語る。

そして、最後に「人形化の呪い《カース・オブ・ドーリィ》」というものがペルナちゃんにかかっていたことを説明する。

「と、いうわけで、二人をそのまま放置しておくのも不安だったので、うちに連れてきたわけです」

まぁ、ところどころ端折《はしょ》りながら話したので、全部で三分ほどしかかかってない。

「それで、お嬢様は、その呪いをなんとかすることはできるんだな？」

「はい、それは大丈夫です。やり方はいくつか思いついているので、どうするのが一番良いのか検討中ですけど」

「お、おう……いくつもあるもんなんだな」

『グロリス・ワールド』でも、呪いに絡んだイベントはいくつかあったし、それぞれのクリア方法も色々とあった。

ぱっと思い出せるだけでも、「呪いを消す」「呪いを移す」「呪いを変える」「呪いを返す」「呪いを止める」「呪いを終わらせてから、回復させる」などだ。

「……と、それぞれ、メリットやデメリットはありますが、いずれも、この呪いに関わっている相手をどうするか？　どうすればいいか？　によって変わってくると思うんです」

指を一本ずつ立てながら、それぞれの呪いの対処方法について、軽く解説し、本題を共有する。

それで、私が悩んでいるのは、呪いそのものではなくて、ペルナちゃんに呪いをかけた相手をどうするべきかだ。

私の話を聞いて、みんな静かに考え込んでしまう。

なので、今度は私から質問をしてみる。

「それから……グイルさん、養児院の話について、どう思いました？」

「ああ、なんていうか気分の悪い話だな」

グイルさんが言っている感想は、きっとポルナちゃんが話していた、院内の暴力沙汰や貧しい食事についてだ。

「そうじゃなくて、えっと、私もあまり詳しくは知らないんですが、養児院はどこが直接の運営をしているんですか？」

「運営？　養児院は、お店じゃないだろ？」

「経営じゃなくて、運営です……つまり、よく知らないんですね」

「うっ……」

まぁ、グイルさんは知らないかもな、とは思ってた。

この国や世界で、社会福祉という概念は明確に確立していないようだけど、経験則的に、それっぽいことは行われている。養児院の運営も、国の政策の一環だろう。

つまり、国から仕事を任された誰かが税金《みんなのお金》を一部使って運営しているはずだ。

「養児院は国から許可と補助金をもらって、仕事を任された各団体が運営しているね。ユリアは、彼らのいた養児院の関係者にペルナちゃんに呪いをかけた犯人がいると？」

「はい」

言葉が詰まってしまったグイルさんに代わって、お父様が私との会話を引き継いだ。

「まぁ、可能性は高いだろうね。しかし……そうなると、呪いの話だけじゃない、と思っているかな？」

「はい、呪いの話以前に、それが前提ですね」

「王国予算の横領、ですか」

「「!?」」

ハンスさんとグイルさんが驚いた顔をするが、ロイズさんはさもありなんという顔だ。

ペルナちゃんたちがいた養児院の運営費を国が出している。それなのに子供たちが満足に食事をとれていない。その様子から、どこかで不正にお金が使われているか、それに近いことが行われているだろうと予測した。

「予算は十分なはずなのに、子供たちがツラい思いをしている。これは、どこかで悪いことをしている人がいる皺寄《しわよ》せが来ていると考えているんです」

「なるほどな……それで、お嬢様は、その悪人どもは、なんで呪いなんかを使っていると考えているんだ」

「これはもう、完全に私の妄想かもしれませんけど……」

ロイズさんの問いかけに、そう前置きをして私は、自分の考えを語る。

養児院の子供たちのことを食いものにしている悪人がいるとする。

そして、横領以外にも何かあくどいことを企てている結果が、ペルナちゃんにかかっている呪いなんじゃないだろうか？

なんていうか、あの呪いは自然発生するには、都合が良すぎるのだ。

殺さずに生かしたまま、身動きのできない人形のようにしてしまう。

暴力と違って、丁寧な手間をかけて、なにかを作っているという印象を受ける。つまりは、

「闇ルートで子供を売買しているんじゃないかな、と」

魚を加工して干物にするように、木材に彫刻を施して置物にするように、子供を誰かに売るために加工しているのではないか、そう直感した。

「うえぇ……絶対にない、と言い切れないところがやばいな」

想像したのだろう、ハンスさんが本当に嫌そうな顔をする。

「ところで、軍の担当区域ってどのくらい厳密に決まっているんですか？　例えば、ある地区内の犯罪者を捕まえるのは何番隊、みたいに決まっているとか」

「担当区域は、あくまで巡回の地区であって、どの地区の犯罪者だろうが確保するのには関係ないぞ？」

「今回の養児院については、どうなりますか？」

ちょうどよいので、ハンスさんに確認する。

「うーん と……王宮の文官や十二番隊以外のヤツらとも色々協力する必要が出てくるかな。うぁあ、絶対に面倒なことになりそう」

「なるほど。ハンスさん、頑張ってください♪」

私は精一杯可愛《かわい》らしい顔と声で、ハンスさんを応援してあげた。

「ハンス、頑張ってください。僕も陰ながら協力しますから」

「ハンス副長、頑張りましょう！」

「四の五の言わずにやれ、俺も昔の伝手《つて》を頼ってみるから」

私の推測は全部はずれているかもしれない。しかし、ポルナちゃんの証言からは、子供たちを虐待している悪人がいることは確実だ。

この王国に児童虐待を直接取り締まれる法律はなかったと思うが、弱い立場にある彼らが虐待されてもいい理由は、私には思いつかない。

ともあれ、ここにいる大人《みんな》たちには頑張ってもらわねば。

お父様たちとペルナちゃんたちの相談をした翌日。

私はまず『青き狼《おおかみ》商会』に立ち寄りシズマさんと話をして、その足で例の売れない串焼き屋に向かいトルバさん（という名前であることをさっき知った）と明日の昼過ぎに待ち合わせる約束を取り付けた。

そして、屋敷に戻る途中で、気になる看板を見つけた。

それは台形の白い木板に花とガラス瓶の絵が描かれていて、良い意味で崩された飾り文字で『ルラルラ調香店』と書かれている。

ラシク王国では、まだ義務教育などはなく、文字が読めない人が少なくない。

王都の住民は、地方の農村と比べて文字が読める人の割合が高いらしいが、それでも文字を覚えておらず読めない人もいる。

そのため、お店や施設の看板には工夫がされていた。

まず、ギルドごとに基本となる看板の形が推奨されている。

商人ギルドならば金貨を表す「円形」、職人ギルドは作業台を表す「台形」、学者ギルドは調和を表す「正六角形」、冒険者ギルドは武勇を意味する「菱形《トランプのダイヤ》」だ。

王国関係の施設などはシンプルに「長方形」の看板が使われている。

罪人ギルドのことはよくわからないので置いておく。そもそも看板を出すような施設があるとは思えないけど。

それから、看板にはそれぞれの店名だけではなく、扱っている商品などの絵が描かれる。前世で言うところのロゴマークみたいな扱いだ。貴族家が持つ家紋《エンブレム》よりも略された絵柄が多い。

例えば、ザムさんのお店は、台形の木板に店名の「細工店ザム」と落書きみたいな指輪？　腕輪？　と細工道具のノミが描かれている。

『青き狼商会』では、円形の金属板に「青き狼」という店名と狼の牙と金貨袋をモチーフとした看板を店の入り口の上に掲げている。金貨袋は、総合的に色々なものを売買している店という意味だ。

武器に関して言えば、直接製造をするなら職人ギルドの台形、販売のみなら商人ギルドの円形か、冒険者ギルドが運営している武器店を探す場合は、菱形《ひしがた》の看板に剣や槍《やり》、盾や鎧《よろい》などが描かれた看板を探すようだ。

また露店の場合は、店と違い看板を掲げる店は少なく、大体の露店は布で作ったのぼりや垂れ幕を看板の代わりにしている。

串焼きの屋台の場合、「○串焼き」の文字と「串焼きの絵」が描かれたのぼりが掲げられている。

一番上の「○」は、商人ギルド配下である料理人ギルドに所属しているというアピールであり、信用の目安になる。

もちろん、ギルドに所属していない場合は、それらのマークを載せることはできない。所属していないにもかかわらず、不正にマークを使用していた場合は、該当するギルドから罰則金などを請求される。

「ん〜、迷ったときは、進んでみる！」

調香ってことなので、香水とかの店だろうか。

その予想は当たっていたらしく、扉を押して店内に入った途端、花のような甘い香りに包まれる。

「いらっしゃいませ〜。お坊ちゃま、何をお探しでしょうか〜？」

間延びした口調の店員の女性が、すぐに近寄ってきた。

なんとなく、性別がバレなかったことにホッとする。

濡《ぬ》れるようなオレンジ色の長い髪と、同じ色のパッチリとした眼、さらに耳のあたりに熱帯魚のような美しい黄色のヒレを持ったマーマンの女性だ。

実は、マーマンはもともと海辺の民だったのだが、水運に強かったことから、今では商人になる人が多いらしい。

「女性へのプレゼントでしょうか〜？　気になるあの人へ、な〜んて〜」

ニコニコと私の接客を始める女性の店員。

なんだろう、お母様と仲良くなれそうな感じがするよ、この人。

「えっと、通りを歩いていて、ちょっと看板が目についたのでなんのお店かな？　って」

「冷やかしですか〜？」

「……気に入ったものがあれば買って帰るよ。ここは香水のお店？」

「はい〜。香水を中心として、ポプリや洗髪料なんかも扱っていますよ〜。ちょうど新作の香水ができたところだったのです〜。よかったら嗅いでみてくださ〜い」

そう言うと女性の店員は、青と緑のガラス瓶を二本取り出して、私に手渡した。

せっかくなので、瓶の口に鼻を近づけて、それぞれの香りを嗅いでみる。

青の瓶のほうは、サッパリとした感じで、爽やかな石鹸《せっけん》みたいな香りがする。

緑の瓶のほうは、野草っぽい、ウェステッド村にいた頃に摘《つ》んだ小さな花のような匂いがした。

「青いほうは清潔感のある爽やかな香りだね。緑のほうは野生の花に近いような感じがする」

「ふふふ〜。青いほうは『星空の風』という名前で大人の女性をイメージしています〜。逆に緑のほうは『新緑の春花』という名前で少女をイメージしたものです〜」

値段を聞くと、それほど高いものでもなかったので、両方とも買うことにした。

せっかくだから、他にも何種類か買って、みんなへのお土産にしよう。

屋敷に戻って一度私室で着替えてから、ペルナちゃんとポルナちゃんの部屋へと向かった。

「ユリアだけど、ペルナちゃんかポルナちゃんはいるかな？」

「あ、お待ちくださって！」

ノックをしてそう呼びかけると、ポルナちゃんのおかしな返答があり、扉が中から開いた。

昨日よりもずっと綺麗《きれい》な服を着たポルナちゃんが出てきた。あ、これ多分、私のお古だ。

「ええと、ユリア様、何かおありございましたか？」

「ふ、ふふっ。昨日も言ったけど、無理にかしこまらなくていいよ」

「ええ、でも、アイラさんから言葉遣いを直したほうがいいって……」

「それはそうだね。けど、今すぐ無理な敬語を使ったりするより、最初は丁寧に喋ることを心がけるだけで十分だよ」

「わかった、いえ、わかりました。これでいいのか？」

「そうそう、それでいいんだよ」

そこは「いいんですか？」じゃない？　と突っ込むこともできたけど、今は本人が変わろうとしている気持ちを大事にして、褒める。

まぁ、私としてはタメ口であっても、気にしないけど。使用人さんたちの目もあるし、本人も気にしているみたいだからね。

「とりあえず、立ち話もなんだから、中に入っていいかな？」

「大丈夫、です」

部屋の中に入ると、ポルナちゃんと同じく綺麗な服を着たペルナちゃんがペコリと頭を下げて迎えてくれた。

「えっと、ユリア様、こんにちは……」

「ペルナちゃん、今日はずいぶんと可愛らしい格好だね。もちろんポルナちゃんも」

「あり、ありがとうござい……ます……」

「え、えへへ……」

私の褒め言葉に二人とも顔を赤くして照れる。その様子もとっても可愛い。

「その……奥様が、用意してくれたんです。わたしはわからないけど、綺麗なお洋服だって。ポルナちゃんが一生懸命説明してくれて、それに……みんなもすごく可愛い服だって言ってくれてて……ありがとうございます」

ペルナちゃんがふわりとした笑顔で、お辞儀をしてくれる。

「ユリア様、この屋敷に連れてきてくれて、ありがとう！　……みんなおれにも姉ちゃんにも、すごく優しくしてくれて……」

ポルナちゃんのほうに視線をずらすと、どこか誇らしげに、そして、感謝の言葉を返してきた。

「どういたしまして。あ、二人に渡したいものがあってね」

「わたしに渡したいもの……？」

「うん、私からのプレゼント。はい、これ」

私は緑色の瓶を二本取り出してポルナちゃんに一本渡し、もう一本をペルナちゃんの両手にしっかりと持たせる。

ペルナちゃんは、そろそろと手探りで瓶を調べる。

「ガラスの……瓶ですか？　あれ？　ふたが、ついてる……？」

「そう、中には液体が入ってるから、こぼさないようにゆっくりと開けてね」

私の言葉にしたがって二人とも恐る恐る慎重な手つきでゆっくりと瓶の蓋《ふた》を取る。

「……わっ。お花の匂いがします。なんですか、これ⁉」

「香水だけど、もらうのは初めて？」

「こ、香水ですか？　え、あれ、わたしがもらっちゃっていいんですか、これ!?」

今更になってプレゼントの意味を理解したのか、慌てふためくペルナちゃんが可愛くて癒《いや》される。

元気っ子なリリアも可愛いけど、ペルナちゃんみたいなゆるふわも悪くない。

「いいも何もペルナちゃんたちのために買ってきたんだから、もらってくれないと私が困るな」

「あ、ありがとうございます！　ああ、ふたしないと香りがもったいないです。香りが逃げないようにしっかりふたをして、開けないようにします!!」

ペルナちゃんがわたわたと瓶の蓋を閉める。

開けないようにって、いや、香水の使い方って知ってるのかな？

あ、そうか……香水なら匂いで楽しめると思ったけど、つけるとなると目が見えてないとやりにくそうだ。失敗した。

「ん〜。一度私に瓶を貸してもらえる？」

「あ、はい？」

「それと両手をちょっと前に出して。少しつけるけどいいかな？」

「え？　えっと、いいですけど？」

なんかちょっと理解できてないっぽいけど、まぁ、いっか。

「ポルナちゃんも見ててね。香水は、化粧品の一種なんだよ。使い方は例えば、こうやって手首とかに数滴だけ垂らして……両手首を合わせて馴染《なじ》ませる」

ペルナちゃんの手を取って、香水の瓶を傾けて中身を数滴垂らして、ペルナちゃんの手首の内側につける。

香水の瓶をいったん机の上に置き、ペルナちゃんの手を取ってバッテンを作るように両手首の内側を重ね合わせ、きゅっと軽く押して香りを皮膚に馴染ませる。

「はい、こんな感じかな？」

「……あ、ありがとうございます。わっ、わたしの手からお花の香りがします！」

両手を振り回しながら、驚きと喜びを表す仕草をする。

ペルナちゃんが手を振り回すと、手首につけられた香りが部屋に拡散していく。

「次から香水を垂らすのは、ポルナちゃんに頼んでね」

「あうぅ……すみません！」

「いや、別に謝るようなことじゃないからね？」

ん〜？　なんだろう、二人ともちょっとギクシャクしてない？

ペルナちゃんは、身体の向きをなんだか変なほうに向いているし、ポルナはそんなペルナちゃんと私を見比べてる、みたいな。

どうしたんだろ？

「えーと……ああ、ポルナちゃん、この瓶はガラスだから割れないように注意して、どこか倒れたり落ちたりしないような場所にしまってね。布にくるんでチェストの引き出しに入れておくといいかも」

「わ、わかった！」

「こんな感じ」

私はペルナちゃんの瓶を、チェストの引き出しにタオルを敷いてからしまう。

こうしてしまっておけば、簡単に瓶が割れたりはしないだろう。

「ポルナちゃん、この後、手伝ってもらいたいことがあるんだけど、大丈夫かな？」

「もちろんだよ、ユリア様！」

「じゃあ、ペルナちゃん、来て早々で悪いけど、ポルナちゃんを借りていくね？　また今度時間を作るから、そしたら色々なお話をしよう」

「は、はい、お待ちしています！」

ポルナちゃんを連れて、台所へと向かう。これから、彼女には料理を覚えてもらうつもりだった。

「ねぇ、ユリア様……」

「ん？　ああ、なんの手伝いをしてもらうか話をしてなかったね」

一応、事前に説明しておいたほうがいいか。

「いや、それも気になるけど、それより……ユリア様、姉ちゃんのこと幸せにしてください！」

「ぶっ！　い、いきなり、何を言うの？」

「姉ちゃんは綺麗で可愛いから、その、ユリア様ときっとお似合いだと思うんだ！」

え〜と？

なんだろう、この「うちの娘をよろしく頼む」的な雰囲気は？

「ポルナちゃん、ちょっと落ち着こうか。私も落ち着くから」

「おれは落ち着いているです！」

落ち着いているか？

「……それで、なんで私がペルナちゃんを幸せにするのかな？　いや、もちろん、ペルナちゃんのことを不幸にしたいってわけじゃなくてね」

「だって……さっきのはアレだろ？　アイジンへのプレゼントだろ？　おれにもくれたけど、その、姉ちゃんだって悪い気はしてないみたいだったし……おれも……」

いや、色々と突っ込みどころがある！

ペルナちゃんが悪い気はしてないって、そりゃ香水を喜んでくれていただけだろうし。

「私はペルナちゃんに喜んでもらいたかっただけで、そんな気持ちは一切ないよ！」

「姉ちゃんじゃ不満なのか、ですか？　今はまだ小さいけど、おれもお姉ちゃんも、きっとすぐにオッパイも大きくなりますから！」

「不満があるとかじゃなくて～！　そもそも私たちは女の子同士だから……」

「？？？」

あれ？　これ、わかってない？　アイジンやオッパイがどうのとか言っているのに。

この子ってば、知識がいびつすぎないか……？

私は、ペルナちゃんたち姉妹には性教育の授業が必要そうだ、と心の中でメモをした。

「いれます……」

私たち三人が見守る中、グラススネイルの肉を刺してパン粉の衣をつけた串を二本、ポルナちゃんが熱された油の中に、ゆっくりと落とす。

ジュ～ッパチパチ、ジュ～ッパチパチパチ……、ジュワジュワ……。

今、ポルナちゃんが作っているのは串揚げだ。

昨日はあれから、ポルナちゃんには、お屋敷の台所で串揚げを作る特訓をしてもらった。

それを今日、シズマさんとトルバさんの前で披露してもらっているのだ。といっても、別段難しいことをしてもらっているわけではない、普通に衣をつけて油で揚げてもらっているだけだ。熱された油の扱いだけ注意すればいい。昨日の特訓どおりにやれば問題はない。

むしろ、竈《かまど》の火加減に気を配らなくてよい分、今日のほうが楽になっているはずだ。ちょっと緊張しすぎているかもしれないけど、まぁ、ポルナちゃんは度胸があるほうだから大丈夫だろう。

油の中で泳ぐ串を木製のトングで掴《つか》んで、少しだけ持ち上げ、衣の色合いを見て、また油の中に戻す。

そしてまたじっと油を見つめる。

それを何度か繰り返す。そんなに慌ただしく出し入れしなくてもいいんだけど、まぁ、慣れかな。

こんがり焼けたキツネ色、黄色みを帯びた薄茶色になったところで、油の中から串を取り出して、バット代わりに用意した容器の金網の上にのせる。

「で、できました……」

「うん、ポルナちゃん、ありがとう。シズマさん、トルバさん、お待たせしました。串とか中身は、かなり熱いので、よかったら串から外して冷ましながら食べてください」

ポルナちゃんがホッと一安心した表情を浮かべる。

私は、串揚げを一本ずつ皿の上にのせて、それをシズマさんとトルバさんの前に置く。一応ナイフとフォークもセットしてある。

「あちっ、ホフホフ……ング……これは美味《おい》しいッス！　ポルナちゃん、お料理上手ッスね！」

「あ、ありがと……」

シズマさんの率直な褒め言葉の勢いに押され、ポルナちゃんは人見知りがちな顔で照れている。

その様子が、年相応の少女らしくて可愛い。

もちろん、プロの料理人とは違って、大雑把《おおざっぱ》寄りの家庭料理的な腕前ではあるが、できたての串揚げが美味しいことに変わりはない。

「う〜む……なるほど……茹《ゆ》でるとは違う、焼かれたのとも違う。そうか、加熱するときの温度……それと油の旨味《うまみ》が……」

その横でトルバさんがぶつぶつと言いながら、ナイフとフォークで串揚げを切り分け、一口ずつ噛《か》みしめるようにして味わっている。

「坊ちゃん、オレにもこれを作らせてくれねぇか!!」

「うわっ!?」

「近すぎっス」

「ぬぉおうっ!?」

トルバさんが、クワッと目を見開きガバッと私に近づけてきた顔を、シズマさんが押し返す。あれ、指で鼻フックしてない？　あ、指をハンカチで拭いている。

「まったくもう、怖い顔がもっと怖くなってるッスよ！」

「誰が悪人面《あくにんづら》だっ！」

「そこまでは言ってないッス。とにかく、ケイン様に顔を近づけて迫るのはやめるッス。興奮しすぎッス」

「う、それはすまねぇ。思わず夢中になっちまった。坊ちゃんも、すまん」

なんか、仲が良いな、この二人。今日会ったばかりのはずなんだけど。シズマさんのコミュニケーション力が高いせいか？

「びっくりしたけど、謝ってもらうほどじゃないよ。じゃあ、ポルナちゃん、トルバさんに串揚げの作り方を教えてあげてくれるかな？　串揚げについて聞かれたことは全部答えちゃっていいから」

「お、おう。任せろ！　じゃあ、おっちゃん、こっちに」

「うむ、よろしく頼むぜ、嬢ちゃん」

今のドタバタで、ポルナちゃんの緊張が多少ほぐれたようだ。

ポルナちゃんに、トルバさんのことを任せて、私とシズマさんは部屋の隅っこに移動する。

「お嬢様に、お鍋サイズで高温に対応できる給湯器が欲しいと言われたときは何のためかと思ったッス。けど、この料理を作るための道具だったんスね〜」

そう、今回串揚げのデモンストレーションのために用意してもらったのは、普通の鍋ではなく、加熱石《ルーンストーン》を利用した揚げ物専用器《フライヤー》だ。油の劣化をできるだけ防ぐために、不純物を抽出し油を浄化する機能も備えた高性能な調理器具になっている。

「シズマさん、串揚げは露店で売れると思う？」

「絶対とは言い切れないッスけど、ばりばり売れるッス。多分、でかい商売になると思うッス」

よしっ。シズマさんがそう言ってくれるならば、大失敗することもないだろう。

「ただ、今回の件についてッスけど、バーレンシア家の名前も使って、商人ギルドのほうに話を通しておいたほうがいいと思うッス」

「？」

「はぁ……お嬢様の料理は『金《きん》のキノコが生える丸太』ッスよ。うかうかしていると、『金《かね》食いブタが湧く』ッス」

「？？？」

えーと『金のなる木』とか『金食い虫』みたいなことわざというか例え話かな。

「例えばッスけど、露店で串揚げを売り始めたら。必ず他の店も真似してくるッス」

「そうだね。そうしたら、店ごとに色々なアレンジも出てきて楽しそう」

「………さすがお嬢様ッス。けど、そういう話じゃないッス」

あれ？　なんかご不満？

「真似っていう言い方が綺麗すぎたッス。早い話が、レシピを盗まれるッス、しかも、盗んだ相手がうちのオリジナル料理を勝手に売るなと、言いがかりをつけてくることも考えられるッス」

「ええっと……でも、こっちの店が先に作った料理だよね」

「でも、それを証明するのは難しいッス。先に言われてからじゃあ、なかなか証拠が用意できないッスから」

お客さんに証言してもらえば……とは思ったけど、きっと相手も偽者のお客とかを用意してくるか。ずっと前から、この店の常連で、とか。

そうなるとお互いに「相手が嘘《うそ》つきだ」と言い合いするだけの水掛け論だな。

「じゃあ、どうすれば……」

「そこでバーレンシア家の名前を使って、商人ギルドに保証させるッス。お嬢様が考えたレシピが料理のオリジナルになるッス」

「へぇ……でも、それなら、これまでも色々なアイデアがたくさん持ち込まれているんじゃない？」

「そこは、商人ギルドもタダでは引き受けてくれないッス」

「え？　お金がかかるの？」

「当たり前ッス。商人ギルドは、金なしでは動かないッス」

あ、でも、前世で言うところの、商標登録や特許みたいなものか？

確か両方とも登録料とか毎年の更新料とかで、なんだかんだ費用がかかるものらしい。

「もちろん、保証してもらうためには、事前に商人ギルドの審査も必要ッス。その審査料というか手間賃として、お金を払うッス。ただその審査結果は、担当者の気分次第だったりするッス。最悪審査料だけ取られて保証はできない、とごねられることもあるッス」

「うわぁ……」

「そこで、バーレンシア家の名前を使いたいわけッス。『青き狼商会』の看板も弱くはないッスけど……貴族の名前なら、向こうも無茶はできずに、公正な審査が期待できるッス」

「あ～、つまりはお金と権力……」

その答えに、シズマさんがいい笑顔を返してくれた。

世知辛いね、まったく。

しかし、レシピの保証か……ん？　んん～～？？

なんだろう、何かちょっと思い当たることが……。

「あっ！　フラチャイド！」

……だっけ？

「うう、微妙に違うような。フランチャイルド？　えーと……フライチャンズ、なんか離れた」

ああー、喉元まで出かかっているんだけど言葉が出てこない。

くしゃみが出そうで出ないみたいにすっきりしない。

「ふらちゃ……なんッスか？」

「いや、私もよく思い出せないけど、確かチェーン展開なんだ」

「ちぇーんてんかいッスか？」

前世のコンビニとかファストフード店などで使われていた古典的経営手段の一つだったはず。

こんなことなら、前世の大学の講義で一般教養の経営学もきちんと受講しておくべきだった。

人生何が役に立つかわからないよ、ほんと。

「簡単に言うと、あるお店があったとして、そのお店と同じ看板で同じ商売をする権利を別の人に貸すんだ」

「つまり、弟子を一人立ちさせるみたいなことッスか？」

「似ているようで、ちょっと違うかも。権利を借りているほうは売り上げに対して決まった割合で、貸しているほうに対価を払うんだよね。あ、売るための商品を購入するんだっけ？」

確か、そんな感じの方式だったと思うんだよな。

あとは営業区域を分割するとか？　同じ地域で過剰に出店しないように制限するみたいな。

「それじゃあ、借りているほうは損するだけじゃないッスか？」

「もちろん権利を貸すだけじゃなくて、お店の運営についての補助だったりや、新商品の開発なんかのサポートをするんだ。えーと、本店と支店みたいな関係が近い、か？　それと違うのは、店ごとに契約した人が責任者になるというか、お店を運営して、売り上げが上がったらその分、報酬も増えるんだ。あくまでその人自身の店だから」

「なるほどッス。大体理解したッス」

えー、いまので理解できたのか？

「そうなると……その件も、商人ギルドに保証させるのがいいッスね？」

「あ、そうだね。契約だとか色々揉《も》めそうだしね」

「ん？　違うッス。その権利貸しの商売方法のことッス。もちろん、事前にもっと煮詰めておく必要があるけど、これは楽しくなってきたッス！　お嬢様、この話も任せてほしいッス！」

「え、ああ、うん、お願いするよ」

「ありがとうッス！」

なんか、シズマさんがすごくウキウキしているから、そのまま任せることにしてしまう。というか、逆に私のほうが後で詳しく説明してもらわないとついていけないかも……。

しかし、話が大きくなってきたな。

まぁ、やれるところまでやってみよう。

攻撃魔術の使えない魔術師

~異世界転性しました。新しい人生は楽しく生きます~

Chapter 8

お祖父様の事情

「おっと、お嬢様、ちょうどいいところに」

「ロイズさん？　何かありましたか？　あ、ポルナちゃんは先に中に戻って」

串揚げについては、四人で色々と話し合いをして、一段落したところで解散になった。

そして、お屋敷に戻ってきた庭先でロイズさんに声をかけられる。

ポルナちゃんには関係なさそうなので、先に家に入ってもらう。

「それで？」

「ああ、先日話していた件で先方と連絡が取れた。急な話だが今日の夕方に外で待ち合わせることになったが、大丈夫か？」

「先日の話というと……」

あっ、バーレンシア家の事情通さんの話か？

「はい、私のほうは大丈夫です。何か用意しておくものとかありますか？」

「そうだな。平民服で構わないので、男物ではなく女物の服に着替えておいてくれるか？」

「わかりました。着替えてきます」

ロイズさんと一緒に外出するなら、変装していく必要もないだろうし。

待ち合わせの場所は、都市の中心だが、大通りからやや離れた場所にある軽食店だった。

なんでも王都に昔からある老舗の隠れた名店で、こぢんまりとしているが地元の人々に愛されている穴場らしい。

店の外観からは、昔からそこに立っていたという貫禄を感じる。店の中に入ると、掃除が行き届いているのか清潔感があり、物静かなお客が多くて、とても落ち着いた雰囲気だ。

約束の時間よりはだいぶ早く着いたようで、バーレンシア家の事情通さんはまだ到着していないようだった。

ロイズさんが、対応に来てくれた店員に店お薦めのウエハースのようなお菓子とお茶を二人分、それと個室を借りられるように頼んだ。

借りた部屋の中でロイズさんとお茶菓子をつまみながらお茶を飲みつつ、適当な雑談をしていると、扉が叩《たた》く音がする。ロイズさんが応えると、誰かが部屋に入ってきた。

「じぃさん、遅かったな」

「ふん、わしを呼びつけるとはコーズレイトの若造もずいぶんと偉くなったもんじゃ」

ん、この声は？　と思い、振り向くとバーレンシアの本家に行ったときにお世話になった執事のおじいさんが立っていた。

「ほっ？　これは、失礼いたしました。ユリアお嬢様がいらしているとは……コーズレイト殿、わざと黙っておられましたね？」

「いやいや、訊《き》かれなかったから答えなかっただけだが」

「ふん、今回はわしの不注意もあるし追及はせぬ。それで、わしに話を聞きたい方がいると呼び出されましたが……それはユリアお嬢様でよろしいのでしょうか？」

「えーと……」

私に丁寧な口調で問いかけてくるおじいさん。

名前は確かササニシキ、じゃなくて……なんだっけ。

「ああ、改めまして、ユリアお嬢様に自己紹介させていただきます。バーレンシア侯爵家、前筆頭執事アギタ・オーバコマチと申します。今は、一使用人として後進の育成係をしておりますじゃ」

そうそう、アキタコマチさん、もといアギタさんだ。

アギタさんを一言で表すなら『老紳士』だろう。

白髪と黒髪が半々ほどに交じり合った髪をかっちりと固めている。黒い瞳で、容貌からすると歳は五十代、ロイズさんとの対応からすると、年齢は六十歳くらいか。

背筋の伸びたシャンとした姿勢と体格をしているのは、まだまだ執事として、現役なのだろう。

パリッとしたシャツに黒のスーツのような服を着こなし、白手袋をつけ、右手にステッキ、左手に店に来るまでかぶっていた帽子を持っている。動作は機敏なので足腰が悪いわけではなく、お洒落の一つとしてステッキを持ち歩いているのだろう。

個室まで案内してくれた店員に私とロイズさんが飲んでいたものと同じお茶を頼み、店員が出ていくと、こちらを向いた。

「本日は、お忙しいところお呼びしてすみません」

「いえ、ユリアお嬢様のご用とあらば、すぐさま馳《は》せ参じましたが……」

ジロリとロイズさんを軽く睨《にら》みつけ、すぐさま私のほうに視線を戻す。

「しかし、わざわざ、わたくしを外に呼び出さずとも、本家のほうに来ていただければ、大奥様もお喜びになられますのに」

「そうですね。ちょっと内密に話がしたかったので」

「内密の話、ですか？」

「はい……ええと、色々とお聞きしたいことがあるので、少しお時間をください。どうぞ、アギタさんも座ってほしいです」

「ふむ。わかりました。それでは失礼いたしまして」

アギタさんは、一礼して、私と向かい合わせの席に座ってくれる。その腰掛け方の一つとっても所作が絵になる人だ。

そうして、私の言葉に戸惑いつつも、静かに私の様子をうかがっている。

ロイズさんは、場を完全に私に任せるつもりなのか、腕組みをして私とアギタさんのやり取りを見守っていた。

さて、問題はどうやって切り出すかだ……別にお祖父様《じい》と敵対するわけではないが、アギタさんは立場的に言えば、お祖父様寄りだろう。

そうなると下手な質問はできない。

ただロイズさんが、そのあたりのことを考えずにアギタさんを呼び出したとは思えないし。

う～う～。とりあえず、アギタさんのことを信じて、真正面からぶつかってみるか？

店員さんが持ってきたお茶を、アギタさんが一口飲み、カップを受け皿に戻したところを見計らって口を開いた。

「それでは、アギタさん、いくつか教えてもらいたいことがあるのです」

「ええ、ユリアお嬢様、わたくしめでお答えできることでしたら、何なりとお訊きください」

「お祖父様ですが、リックの件をどう考えているのか、わかりますか？」

「リックお坊ちゃまの件と申しますと、若旦那様の養子にすることですね？」

「はい」

「どう考えているも何も、リックお坊ちゃまを本家の跡取りにしようと考えていらっしゃる、ということでしょう？」

さも当たり前のように言われてしまった。何も裏がないのか、知っていて黙っているのかがわからない。

……というか、ここで疑心暗鬼になってもしょうがないな。

「カイト伯父《おじ》様に子供がいないのには何か理由が？」

「……ユリアお嬢様の前では、少々申し上げにくいのですが……」

ん～？　それは保健体育的な意味で、かな？

「どうすれば子供を授かるかくらいは知っていますし、それくらいでは困りません。そうですね。伯父様と伯母《おば》様のどちらに問題があるのでしょうか？」

「失礼いたしました。わたくしは、若旦那様、すなわちカイト様のほうに問題があると……大旦那様と若旦那様ご本人より伺っております」

「ふ～む……」

例の元気になるルーン魔術でなんとかならないかな……やっぱり、シズネさんに協力してもらうか。

　まぁ、今はひとまず置いておこう。今日はお父様の話を聞くのが優先だ。

「私のお父様は十五歳の頃、軍に入りましたよね？」

「ええ、もう十五、いや十六年前の話になりますね。つい先日のことのようですが、いやはや、時の流れとは早いものです」

「どうして、お父様が軍に入ったか、その理由は知っていますか？」

「ケイン様が軍に入られた理由ですか？　それでしたら、ご本人に直接お聞きすれば早いのでは？」

　微妙にはぐらかそうとしている？

　ここは押してみるか？

「私が気になっているのは、そのことにお祖父様がどう関わっているか、ということなのです」

「ケイン様の軍への入隊と大旦那様との関係ですか？」

　アギタさんは、困った質問をされたという感じの雰囲気になる。

　ちょっと微妙な反応だな。

「ん～と、アギタさん」

「なんでしょうか？」

「お父様とお祖父様が仲違《なかたが》いしている原因を知ってますか？　私が聞いた話だと、お父様が十五歳のときに何かがあって、それでお父様は軍に入隊したそうですが、なぜですか？」

「…………」

ここで変に駆け引きをしても通じなさそうだし、なら正面突破しかないだろう。

それが奇襲になったのかアギタさんの表情がちょっと変わった。

「……ユリアお嬢様は何を考えていらっしゃるので？」

「今回は、一番がリックの幸せ、二番が家族を大事に、三番目に私らしく、です」

「ほ？」

迷いなく言い切る。これは、今回の件で、私が自分に定めた基準だ。

って、あれ？　私おかしなことは言ってないよね？

それにしてはアギタさんとロイズさんの表情が笑いを堪《こら》えているような。

アギタさんは手元のお茶を口に含んで、笑いと一緒に飲み込む。

いや、笑いたいなら、笑えばいいじゃん。

……ついでに笑いたくなった理由も話してくれると嬉《うれ》しい。

「いや、失敬しました……それで、二番の家族の中には大旦那様や若旦那様も入っているので？」

む？　家族の条件かー……。

血のつながり？　でも、同じ家に住んでいる人たちはもう家族と言っていいと思うし。

「私にとっては、お母様、お父様、リック、リリア、ロイズさん、アイラさん、ジル、お祖父様、お祖母《ばあ》様、カイト伯父様、フラン伯母《おば》様……までが家族でしょうか。アギタさんもこれからの対応次第ですよ？」

こんなところかな？　指折り数えて十一人か、多いのか少ないのか。

最後に小首を傾《かし》げながら、上目遣いでアギタさんに微笑《ほほえ》む。

ふっ、これぞユリア流少女術七奥義の一つ《小悪魔の誘惑《デモニックテンプテーション》》だ!! もちろん、冗談だけど。

「ほっほっほ……ユリアお嬢様は家族が大好きでいらっしゃるようで」

「ええ、ですから、お父様とお祖父様にはぜひ仲良くしてほしいのです」

「さて……そういうことでしたら、微力ながらお手伝いしたいところですが、わたくしも大したことは知らないのです」

「小さなことでもいいので、教えてください」

「ケイン様が十五歳の軍入隊前の話といいますと……大旦那様が、ケインさまを次期当主として任命しようとしたことがありました」

「え? それは、お祖父様がカイト伯父様ではなく、お父様を準侯爵に指名しようとした、ということですか?」

「仰《おっしゃ》るとおりです。ケイン様はその直後に軍に入隊し、バーレンシアの屋敷から軍の寮へと移られました。そのとき、大旦那様とケイン様の間に何があったのか、それはわたくしも存じておりません」

一応、色々と想定はしてたんだけど、なんだろう、この情報は?

時系列順に並べると、

『お祖父様はお父様を後継者にしようとした』

『お父様はそれを嫌って家を出た』

『お祖父様はお父様の入隊をロイズさんに頼んだ』

となるのか？

なんというか、パズルの最後のピースが見つかって、全部揃《そろ》ったんだけど、実は何個かが別のパズルセットのピースだったような。

う〜〜ん？

「ユリアお嬢様、もうご質問はよろしいですかね？」

「あ、はいっ！」

しまった、考えに没頭してアギタさんのことを放置していた。

気を悪くしてはいないようだけど、わざわざこっちの都合で呼び出したのに申し訳ない。

質問はもうないかな。聞いておきたいことは聞いたし……ん、あれ？

「……それじゃあ、最後に一つだけ」

「なんでしょうか？」

「ええと、どうして、私の質問に答えてくれたのですか？」

アギタさんは、知らない答えられないと黙秘することもできた。

もちろん、アギタさんの答えてくれたことがすべて真実だとも、知っていることをすべて語ってくれたとも限らない。

ただ今の私からすれば、信じられる情報——謎は深まったけど——をくれたのも確かだ。

「ほ？　答えなかったほうがよろしかったので？」

「いえ、答えてもらったのはありがたく思っています。けどアギタさんは、勝手にお祖父様のことを語ってもよかったのですか？」

「ふむ……」

アギタさんが軽く顎《あご》に手を添える。その仕草が様になるな。

それから、数瞬悩み、おもむろに手を外すと私の目を見つめて、口を開いた。

「確かに主従関係において、勝手に主人のことを話すのは不誠実だと言う輩《やから》もおりますでしょう。けれど、わたくし一個人としての判断で、ユリアお嬢様には話したほうがよいと愚考いたしました。ちなみに今日の会談については大旦那様にご報告させていただきますので、ご了承ください」

「そうですね……口止めをしても意味がないでしょうし」

それこそ「死人に口なし」とでもやらない限り、完全な口止めなんてできるわけじゃない。

いや、魔法があるこの世界では、殺しても完璧な口止めは難しいかもしれないけど。

アギタさんから、お祖父様に私の話が伝わることは前もって覚悟している。

別に悪いことをしているわけではないが、お祖父様のことを勝手に調べ回っているのは事実だ。

むしろ、アギタさんにはわざわざ報告すると言ってくれたことを感謝するべきか。

あえて私に言う必要もなかっただろうし。

「さて、わたくしはそろそろお暇《いとま》いたします。それではユリアお嬢様、頑張ってくださいませ。コーズレイト殿、この借りはいずれ返してもらうぞ」

「へいへい、借りを返せるときまで、じぃさんもせいぜい長生きしてくれ」

「ありがとうございました」

いかにも老紳士っぽい仕草で一礼をすると、個室から悠然と退出していった。

ロイズさんは軽く手を振り、私は席を立って深々とお辞儀をしつつ見送る。

「はぁ～～……緊張した」

扉が閉まって、しばらくして私は深く息を吐きながら、椅子に座り込む。

そして、すっかり冷めてしまったお茶を飲み、残っていたお茶菓子を一枚かじって気分を落ち着ける。

というか、また応援されてしまったような気がするんだけど。

皆、私に何を期待しているんだろうか。

いや、問題の解決を期待しているっぽいけど、と自分で自分に突っ込む。

「お疲れさま。で、どうだった？」

「問題の答えを聞こうとして、余計複雑になった感じです。アギタさんの言葉を疑うわけじゃないんですけど……、ロイズさんはアギタさんの話はどう思いました？」

「素直に考えれば、旦那様がバーレンシア侯爵家を継ぐのを嫌がって、軍に入隊したってことになるだろうな」

「なんででしょう？」

「さぁて、面倒な貴族暮らしに嫌気が差したとか？」

ロイズさんが手を広げて降参のポーズを取る。

さて、どうしたもんかなぁ。

私も心の中で、ロイズさんと同じジェスチャーをした。

事態が進展したようなさらに謎が深まったようなモヤモヤを抱えながら、私とロイズさんは屋敷に戻ることにした。

「しかし、お嬢様、さっきの言葉は横で聞いていてちょっとジンときたぞ」

「へ？」

軽食店からお屋敷に帰ってくると、庭先でロイズさんがポツリとそう言った。

さっきの言葉？

私なんか言ったっけ？

「俺とアイラも家族なんだって？」

「あー？　あ〜〜ッ!?　いや、それはその勢いというか、ね？　あるじゃないですか、そういうのがっ！」

「なんかこう心が温かくなるというか……」

ふ、ふふふ……一部の体温が上昇しているっぽい。

ああ、これなら、鏡を見なくてもわかるな。今、私の顔は真っ赤になっているだろう。

「……くくっ」

紅潮している私を見て、ロイズさんはおかしそうに喉の奥で笑う。

私がそういうのに弱いと知ってて、わざと言ったな。

「ええ、アイラさんもロイズさんもジルだって、大事な私の家族ですから！」

「それはそれは、光栄の至り……ところで、俺からも一つ訊きたいんだが」

「何ですかっ？」

少し口調が荒くなってしまうのは仕方ないだろう。

照れ隠しってやつだ。

「どうも、旦那様や俺に隠れて危ないことをしてるんじゃないか？」

「えー？　何のことでしょうかー？」

「夜中に部屋を抜け出して、お嬢様は何やってるんだ？」

あー、それか……。

「アイラが気にしていたぞ。服や部屋の汚れとかで気づいたらしいが……ちなみに旦那様やマリナ様には、知らせてない」

推理小説で名探偵の話を聞く犯人って、こういう気分なのでしょうか？

「夜のお話し相手になってくれる友達ができまして、決して危ないことはしていません」

「ふむ。真実のようだな」

「……………信じたんですか？」

「お嬢様のことは、小さい頃から知ってるからな」

それは答えになってない気もするけど、その返事がちょっぴり嬉しかったり。

なんだろう、私からするとロイズさんは、ちょっと年上の頼れる兄貴って感じなんだな。

精神年齢的に考えると、そんな関係でも間違いではないか。

「とりあえず、危険そうなことはしてないようだし、細かいことはお嬢様の意思を尊重してとやかくは言わんが……」

「な、なんでしょう？」

「つくづく、お嬢さまの周りには騒動が絶えなくて飽きないな、と思ってな」

「楽しんでいただけているなら幸い、です？」

ロイズさんが、生暖かい目で私を見ているような気がするが、気のせいだということにしよう。

「それとそうだ、ペルナちゃんの目の治療はどうするつもりだ？」

「今、シズマさんに必要な道具を用意してもらっていて、それが届き次第、ルーン魔術でなんとかします」

「なるほど、それで、いいんだな？」

ロイズさんのその問いかけには、色々な意味と思いが含まれているだろうけど、あえて、私はこう答えよう。

「はい。あとでお父様にも伝えますけど、二人も身内として考えます」

ユリアお嬢様としての立場も伝えたし、私が魔術師であることも隠していない。

屋敷に連れてきた時点で、私はもう二人を見放せないだろうなとは思っていた。

立場的には、私付きのメイドというか、部下的なポジションを目指してもらうことになるだろう。

ポルナちゃんは、このまま串揚げ関係の作業に携わってもらいたいし、徐々にシズマさんとのつなぎ役的な仕事も任せたいと思っている。

ペルナちゃんは、魔術の素養があるので、ぜひ魔術を覚えてほしい。ゲームと同じならば、【精霊の加護】持ちのエルフは魔術を使ってこそ輝くキャラクターだ。きっと化けると思う。

「普通なら子供の感情的なワガママ、と受け取るんだが、お嬢様だからなぁ」

「二人を連れてきたのは、私の意思ですからね。責任を持つべきだと思います。もちろん、二人の意見を無視するつもりはありませんが……」

階級が低めの男爵家とはいえ、貴族のご令嬢のそば付きなら、一般庶民からは羨望《せんぼう》の眼差しで見られるお仕事だろう。二人が断る可能性は、あまりないと思う。

幸い、うちは貧乏というわけでもなく、むしろ、小金持ちのほうだ。

「ほら、お風呂の件があるじゃないですか？　だいぶ儲《もう》かってるんですよね……見習いのメイドを二人雇うくらいなら、私のお小遣いでもなんとかなっちゃうくらいに」

「そんなにか？」

「そんなにです」

なんなら、私が個人的に二人を養って成人まで育てられるくらいのお金を持っている。

お父様たちも、まぁ、私にはメロメロなので、よほどのことでなければ反対しないだろう。二人の性格も悪くなさそうだし、能力的な伸び代も十分だ。

「……だよなぁ、王都でこんなに風呂が流行《はや》っているとは思ってもみなかったぜ。たしかに、いいものなんだけどさ……あれ、結構いい値段するんだろ？」

「はい、シズマさんが、ウッハウハだと言っていました」

「そんなにか？」

「そんなにです」

ロイズさんがなんとも言えない表情になったのが印象的だった。

お屋敷の仕事をするというロイズさんと別れた後、私は中庭にジルを呼び出して、久しぶりにオオカミ形態になったジルとゆっくりすることにした。

「なんか艶々《つやつや》だねぇ」

王都への旅の途中でハンスさんたちに正体を明かしたときを除いて、ウェステッド村を出発してから、ほとんどずっとジルは人間形態のままだった。

夜寝るときも与えられた私室で人間形態のまま眠っているらしい。

ふとした思いつきで、久しぶりにジルの毛並みのブラッシングを始めたのだが、毛並みは美しく艶々でどこも汚れていなかった。

人間形態のときはお風呂に毎日入ってもらっているのだが、それが影響してるんだろうか？

ブラッシングはマッサージ的に気持ち良いようで、ジルは床に寝転んでだらーんと伸びている。

「うーん、不思議だ」

「がう？」

「や、なんでもない」

「くぅん」

続けてほしい、とねだるようにペロペロとジルが私の頬《ほお》を舐《な》める。

ジルの催促にしたがって、ブラッシングを再開。

……って、ジルが頬を舐めるのって、もしかしてアウトじゃね？　人間形態を想像すると、どこか倒錯的で背徳的な光景になる気が……人間姿のジルが脳裏をよぎって、ちょっぴりドキドキする。

ジルはわんこ、今はわんこだからセーフ。

人間姿のほうはできるだけ考えないように無心になってブラシを動かす。

「とりあえず、これからやるべきことは……」

串揚げ店の計画はシズマさんに任せたので、ときどき進み具合を確認するだけでいいだろう。

ペルナちゃんの目の件も、シズマさん次第か……。

養児院については、もう私は基本ノータッチで、ハンスさんたちに頑張ってもらおう。なにか進展がありそうなら、お父様に聞いてもいいかもしれない。

あ、ザムさんのところに、眼鏡を受け取りに行かないといけないな。

もらったら、フェルに会いに行こうか。

それから、お父様とお祖父様、それから伯父様の件について、シズネさんと話して……

「わふ？」

「あ、ごめん」

ちょっと考えに集中しすぎて、ブラッシングの手が止まっていた。ジルのつぶらな瞳に促されて、ブラッシングを続ける。

あー、サラサラだねー、いいよー、癒《いや》されるねー。

アニマルセラピーだっけ。色々考えることが多いけど、それを脇に置いて、丹念にブラシでジルの毛並みをすいていく。

「くぅん」

「気持ちいい？」

「わふふー」

ジルの鳴き声がまるで「いいよー」と言っているように聞こえた。

まぁ、あとで人間形態になったときに聞いてみれば、答えはわかるんだけど、そこまで知りたいわけでもない。

それから、ジルが満足しきるまでブラッシングを続けた。

攻撃魔術の使えない魔術師

～異世界転性しました。新しい人生は楽しく生きます～

Chapter 9

月下のお茶会

「……とまぁ、基本は走り込みと柔軟運動、剣術型の素振りと型試合、これらの繰り返しかな？　まだ身体が育っていないから、それほど無茶な訓練はしてないんだよね」

色々と一気に喋《しゃべ》って渇いた喉を、冷めて飲みやすい温度になったお茶で潤す。

淹《い》れたてのときより香りは薄れたけど、その分お茶本来の味がわかりやすくなっている気がする。

お皿に盛られたクッキーを一枚つまむ。木の実の味が舌の上に広がり、飲み込んだ後に残る砂糖の甘さを、お茶のほのかな苦味で洗い流す。うん、美味《おい》しい。

「は〜……幸せだねぇ……」

「ずいぶん安い幸せだな」

「このクッキーとお茶は安くないからね、絶対！　それにフェル、そもそも幸せを感じることに貴賤はないんだよ？」

「名言っぽいけど、ユーリが言うと、食い意地が張ってることへのただの言い訳にしか聞こえないな」

「……フェルはどうしても私のことを食いしん坊キャラにしたいようだね」

「気のせいだ。ん、空《から》になったようだがお代わりはいるか？　湯を取ってこよう」

私のカップが空になったのを見て、ティーポットを持ってフェルが屋内に向かおうとする。

「あ、フェル、ちょっと待って！　そのティーポットを貸して？」

「ん？」

「お湯が必要なだけなら、私が……《ノア　セーレース　ウォーラ《熱の宿る滴よ》》」

チョロチョロ……。私の両手の間から流れ出た熱湯でティーポットが満たされる。

お茶を淹れるのにちょうどいい温度になっているはずだ。

「今のは魔術か？　水を作り出す魔術は知っていたが、熱湯を作るとは……」

「火球を作り出す魔術もあるんだから、その二つをちょっと応用するだけだよ」

「………」

二煎目になるので、気持ち長めに蒸らしてから、自分とフェルのカップに注ぐ。前世で紅茶は二度淹れしないと聞いた覚えもあったが、王国の作法では、茶葉から香りや味が出る間は何度か淹れ直してもよいようだ。一煎目だけ飲んで、残った茶葉を下働きしている人に下げ渡すマナーもあるらしいけど。

フェルはその様子を静かに眺めていて、注ぎ終わると「ありがとう」と小さく返事をした。

「……ユーリは、どうも魔術に対して常識外れなところがあるから言っておくが、そんな風に日常生活に密着した魔術は珍しいぞ？　ボクは魔術書を何冊か読んだことがあるが、熱湯を作り出す魔術が記述されていた覚えはない。つまり、その魔術はユーリが研究して作ったオリジナルだろう？」

「あー、そうなるね」

「そもそも日常生活と魔術は、基本的に相容《あいい》れないものなんだ。理由は簡単で、魔術を使うのに必要な発動具が高価だからだ。誰でもできることを魔術でやろうと考える人はあまりいない」

「……なるほど」

つまり、名剣を使って料理をしようと考える剣士や主婦がいないのと同じ理屈かな。

お湯を作るなら鍋で沸かせばいいし、料理をするなら包丁があればいい、というわけだ。

「うん、私の魔術は変だね」

「いや……そこで納得されても、返答に困るが」

自分の間違いを認められる大人になりたいと思うのですよ？

……しかし、フェルの前だったからよかったものの、やっぱり人前でルーン魔術はポンポン使えないなぁ。どこでどんな問題が起こるか予想もつかない。

「とりあえず、使えるものは使えるんだし、普通に使うよね。便利だし」

「それもユーリらしいな」

自分のカップをふぅふぅと吹いて、お茶を冷ましつつすする。

んー、一煎目よりも蒸らし時間を長くしたので、味が濃くはっきりとしている。

ただ蒸らす時間はもう少し短くてもよかったかも。お子様な舌は苦味をなかなか美味しいと感じてくれない。

「そうそう、今日はフェルに試してもらいたいことがあったんだ」

「試してもらいたいこと？　ユーリの頼みなら、できる限り協力するが……それは、何だ？」

「レンズに少し特殊な鉱石を使った眼鏡だよ。名付けて『マジカル暗視眼鏡』ってところかな。さ、つけてみて？」

ゼムさんから受け取ったばかりの試作品の眼鏡をフェルに渡した。レンズにあたる軟水晶《ソフトクリスタル》には私が事前にルーン魔術で加工してある。

「……どうすればいいんだ？」

「あれ？　つけ方がわからない？」

「ボクが知っている眼鏡とは形が違うな……取っ手が変な向きに二つ付いているし」

「取っ手？　つるのこと？　……あ、ローネットか」

多分フェルが知っている眼鏡はローネット、いわゆる柄付きの手持ち眼鏡で、棒やフレームを持って使う眼鏡のことだろう。劇場とかで使うオペラグラスなんかの仲間だ。

私がゼムさんに作ってもらったのは、つる付き眼鏡だ。

実は前世では、近視や乱視などは簡単な外科手術で治るため、視力矯正用の眼鏡が必要な人というのは、ほとんどいなかった。

ただ、眼鏡そのものはファッションアイテムとして残っていて、私が死ぬ直前にも第何次眼鏡ブームとかで、多くのファッションブランドが伊達眼鏡《だてめがね》やサングラスを売り出していた。

「ちょっと貸して……コレをこういう向きで、ここを耳に引っかける感じで……」

眼鏡を受け取って、フェルに眼鏡をかけてやる。

「どうかな？」

「やや窮屈な感じだが、視界が急に明るくなっ……」

フェルが私の顔をまじまじと見て静かになる。

お、なかなか眼鏡も似合う眼鏡少年だ。小学校でクラス委員とかやっていそうな雰囲気。

そして、戸惑いながらも口を開いた。

「……キミは誰だ？　どこから入ってきた？　今の今まで、そこにはユーリが座っていたはずだが」

「その様子だと上手《うま》くいったのかな？」

「声は……ユーリだな。この眼鏡はマジックアイテムか何かなのか？　周りが明るくなって、ユーリが別人のように見えるぞ」

「まぁ、マジックアイテムと言ってもいいかもね……そのレンズの部分に明かり系の魔術が付与されているんだ」

「はっ？」

フェルの魔導は、私がたまに使う鑑定系の魔術と似た原理で働いているのだと推測した。

例えば、《モア《瞳が》　モアース《見る》　ティス《躯を》　テラール《知る》》は、私が見ている対象の身体的な状態を鑑定することができる魔術だ。

多分だがフェルの能力も同様に、対象を「見る」ことで発動し、対象が持つ隠し事を読み取るのだろう。

魔術と魔導とは、任意による習得以外にも、汎用《はんよう》性に違いがある。

簡単に言えば、魔導は応用が利かない分、効果の威力が強い。一点特化型という感じだ。

魔術がフライパンなら、魔導はホットサンドメーカーと言って伝わるだろうか。

また強力な魔導ほど、利用するための制限や取得による制約がある。

フェルの能力の制限は「太陽光の当たらない場所で、相手を直接見ないといけない」、私の制約は「攻撃魔術が使えなくなる」だ。

制限や制約をきちんと理解すれば、欠点についてはだいぶ緩和される。

例えば、さっき使った熱湯を作る魔術も、一度カップなどの器を経由さえすれば、相手にぶつけても、それは攻撃用の魔術ではなく、あくまで熱湯を作る魔術なのだ。

さて、フェルの魔導にはもう一つ隠された制限がある。

それは「同時に複数の隠し事を暴くことができない」ことだ。

そこで、あえて、特殊な眼鏡を用意することで、視界のすべてを隠してみた。

レンズに付与されているルーン魔術の効果は「見えているものを隠す」と「視界の明るさを保つ」ことだ。

結果は大成功。

制限を逆手に取ったようなものだが、フェルの目には、今《ユリア》の私の姿だけが映っているのだろう。

「その眼鏡をかけていれば、フェルが誰かを見ても能力が反応しないようにしたってところかな？ ついでに暗い場所で明かりがなくても読書ができる優れもの！ 個人的には上手くいったらラッキー、っていう程度だったんだけどね」

「…………」

「ねぇ、フェルには、今の私の姿がどう見えてる？」

「あ、ああ……綺麗《きれい》な金髪に青い目の少年っぽい女の子に見える……」

「よし。じゃあ、あとは窮屈さをなくすために、つるの形とかを微調整かな。ちょっと触るよ、このへんかな、あ、眼鏡は一度外すよ」

フェルから眼鏡を外して、つるの、フェルの耳に当たっていた箇所をルーン魔術で伸ばしたり軽く曲げたりする。

「……その眼鏡を作ったのはユーリなのか？」

「いや、細工師の人に頼んで作ってもらったけど？」

「そうじゃなくて、そのレンズの部分の仕組みについて、考えたのは……ユーリなのか？」

「ああ、うん、ただの思いつきだったけどね」

ほんと思いつきで作っただけに上手くいって良かった。勢いで頼んじゃったけど、伊達眼鏡の制作費は安くはなかったし。

それでも、ゼムさんが面白いアイデアをもらったから、と言って代金を割引してくれたらしいのが助かったけど。

「……ユーリ」

「ん？　何？」

「キミは、いったい何者なんだ？　ボクの能力について、何度か学者ギルドの調査に付き合ったが、ここまでボクの能力を把握していなかったぞ」

「え～と、何て説明すればいいかな……本当に思いつきなんだよ？」

「それに！　ボクの能力を無効化したことで、なんでユーリの姿が変わって見えたんだ？　それじゃあまるで、ボクの能力のせいでユーリの『隠している姿』が見えたようだよな？」

フェルの……いや、フェルネ・ザールバリンの真剣な目が私を射貫《いぬ》く。

その瞳の中に、切望や困惑などの揺れ動くフェルの気持ちが透けて見えた。

まぁ、しょうがないか。私は心の中で小さな溜《た》め息をつく。

私は調整した眼鏡をまたフェルの耳にかけてあげる。

「はい、どうぞ。変に当たるところとかない？」

「大丈夫だ。さっきより楽になったし、しっくりくる……」

「さて、それじゃあ、改めて挨拶から始めようか！」

なんとなく、なんとなくだけど、私もこうなることを望んでいた気がするしね。


「《ウィス　リアート　フィス　ロアース　ドォレ・ド・フェス》《風を駆けるは空を舞う竜の翼》」


私は飛行のルーン魔術を使って、ベランダから空へとその身体を浮かべ、フェルを見下ろす位置まで上昇した。

そう、あの日の夜、私とフェルが出会ったときとちょうど同じくらいの高さだ。

違うのは、その私を黙って見上げるフェルの顔には、私が用意した眼鏡がかけられている。

双《ふた》つの月が作り出す淡く優しい光に照らされ、フェルが私を見上げ、私がフェルを見下ろす。

フェルは私の唐突な申し出をゆっくりと噛《か》み砕いて、そして呑《の》み込んだ。

「お初にお目にかかる、夜空を舞うお嬢さん。ボクの名はフェルネ・ザールバリン。よかったら友達になってくれないか？」

 まるで淑女を踊りに誘う騎士のように、誘惑をささやく悪魔のように、果物をねだる子供のように……私を求め伸ばされる右手。

「はじめまして、雪花石膏《アラバスター》の如《ごと》き真白き方。私の名はユリア・バーレンシア。貴方《あなた》が友を望むのならば友となりましょう。誓いは大きい月《デイ》の月精霊《ナ》の名の下《もと》に」

 そして、私はベランダに降りて、差し出されたフェルの手をそっと掴《つか》む。

 契約ではない友好である意味を込めて小さい月《ル》の月精霊《ナ》ではなく大きい月《デイ》の月精霊《ナ》の名前を出す。

 貴族同士ならではの言葉遊び《マナー》。

「…………」

「…………」

一瞬の沈黙。

「……くっ」

「……ぷっ」

だめだ、にらめっこ遊びみたいになってしまった。

二人して同時に吹き出す。

「「あはははは……！」」

私とフェルの笑い声が重なる。

いや、本気でツボにハマった。笑いすぎでちょっと息が苦しい。

「……はーはー。何が、夜空を舞うお嬢さんだよ。心にもないことを言うね、貴族っぽい！」

「ふー、そう言うユーリだって……いや、ユリアだったか？」

「別にユーリでもいいよ。本名とそんなに違ってないし、愛称みたいなもんでしょ？」

「そうか？　なら、ボクもフェルのままでいいな。ユーリにフェルネと呼ばれると、なにか違う感じがする」

フェルがすっきりした顔つきになった、かな。

「しかし、なんでまた……こんな恥ずかしい真似を？」

「なんでも何も、私の正体を知りたいと言ったのはフェルだよ。それに、その恥ずかしい真似にフェルもずいぶんノリノリだったじゃない」

「いや、まぁ、それはそうだが……」

フェルがぶつぶつと、何かを呟《つぶや》いている。

「そうだね。すぐには信じられないような話だけど……」

「今更の話だな。ユーリの非常識っぷりには慣れたつもりだ。ユーリの言うことなら信じるさ」

むぅ、相変わらず十歳児らしくない言葉だ。ちょっと嬉《うれ》しいけど。

「私はね、前世の記憶が残ってるんだ。そのおかげで幼い頃から魔術の修行ができてた。だから、こんな歳で色々な魔術を使えるんだ。それでね」

フェルは動揺することもなく、ただ続きを促すような視線を送ってくる。

「多分、フェルに見えていた黒髪黒目の顔だけど、それは前世の容姿と同じだから、その影響だと考えてる」

「……思ったよりは普通だな」

「その返答は、かなり気が抜ける……、人の重大な告白を普通の一言で済ませないでよ」

普通って、ボケ殺しな単語だよな。

いや、別に今の流れでボケるつもりも、ボケたつもりもないけど……。

なんか、ほら「もっと別に反応があるだろう」みたいな気分が、ね。

そして、私は一通り、ほぼすべての事情をフェルに話していく。最初に会ったとき、フェルが心の底から、私に友達になってほしいと、自分の能力のすべてをさらけ出してくれたことへのお返しを込めて。

「つまり、まとめると、ユーリの前世はカルチュアとは異なる世界の人間で、その世界の遊びのルールと、この世界の法則がそっくりであり、生まれたときから前世の記憶があったために魔術の知識があった——ということか?」

「………まあ、正確には、三歳になってからだけどね。物心ついたときから、という意味では一緒かな」

賢いとは思っていたけど、フェルの知性に絶句する。シズマさんと同じレベルじゃないか、これ。シズマさんのほうは二十代であることを考えれば、フェルこそ神童と呼んで差し支えないだろう。

もちろん、できるだけわかりやすく簡潔に説明したつもりだけど、途中からフェルのほうから質問をし始めて、私はそれに答えるだけになっていた。

「ん？　どこか間違えてたか？」

「いや、合ってるよ。合ってるから驚いてたんじゃないか。フェルも私と一緒で、大人が転生してたりしない？」

「そうだったら面白かったな。実は聞いていても、わかってないことのほうが多い。ただ演劇なんかと一緒で、そういうものなんだと受け入れただけだ」

その受け入れただけ、っていうのが十分すごいんだと思うけどな。

子供らしくないのか、子供だからできることなのか。

「最後に、もう一つ気になるんだが……なんでユーリはこの世界に転生してきたんだ？」

「そんなことを訊《き》かれても、私にはわからないよ……むしろ私が知りたいくらいだし……」

「いや、訊き方が悪かったかな。この世界の常識として、ボクは魂の転生自体は当たり前のことだと思っている」

考え込みながら淡々と告げるような口調で、「だから」とフェルは続けた。

「前世の記憶を持っているということに関しては、そういうこともあるかもしれないくらいにしか感じていない。けど、ユーリの前世はこの世界の人間じゃないという……が、ここまではいい」

「いいんだ……」

「ああ、ボクは能力のせいもあって人の嘘《うそ》とかには敏感なほうなんだ。だから、ユーリが嘘を言っていないだろうことは、これをしていても信じている」

そう言って、かけたままでいる眼鏡のつるを指先で叩《たた》く。

その視線と仕草が、たとえ魔導がなくても、私の言うことなら信じてる、と言ってくれているようで、嬉しいながら照れくさく感じてしまう。

「その上で、ボクが気になっているのは……なんで、ユーリはこの世界のことを知ることができたんだ？」

「それは、たまたまこの世界とゲームの設定が似ていたからで……それこそ、偶然としか言えないんじゃない？」

私の答えに納得がいかないのか、フェルが何かに悩むような難しい顔をする。

いや、転生者であることを告白した以上、私のほうが精神的にはずっと年上なんだけど……なんかこう、フェルの大人っぽさは筋金入りなのか、精神的にも私と同い年ではないかと感じるときがあるからすごい。

「偶然で済ませるには、不自然さが残るんだ……」

「不自然さ？」

「ユーリ、想像してみてくれ。ボクたちが暗号遊びをしていたとしよう。例えば、お互いだけに通じるような文字を作るんだ」

「うん」

「朝起きたら、別の国でも別の世界でもいいけど、どこか知らない場所に連れ去られていた。そして、その場所では、ボクたちだけが使っていた暗号の文字が当たり前に使われていた。……な？

変な感じがしないか？」

「…………」

フェルに言われて、私も初めてそのことに違和感を覚える。

いや、あえて考えないようにしていたことなのかもしれない。

私がこの世界に転生したのは偶然なのか、それとも誰かしらの意図が働いているのか。

もし、誰かの意図だとしたら、私はひとまず感謝をしよう。

この世界に生まれて大切な人たちを得ることができた。

けど、その誰かによって、私や大切な人たちが傷つくならば、私はその誰かを許しはしない。

もちろん、私ができることなどささやかな抵抗にしかならないとしても、だ。

「とは言ったものの、そもそも何の理由も根拠もなく、単にボクの考えすぎって可能性も高いな」

「あぅ……」

フェルが無責任なことをさらりと言い放つ。

いや、フェルは責任を負う必要なんかこれっぽっちもないんだけど。

私が決意を新たにしたところで、いきなり水を差された気分だ。

熱血しそうになってた自分がちょっと恥ずかしい。

でも、私の思いは揺らぐことはない。

世界を救う勇者になるつもりも、目の届く範囲すべての人を救う聖者になるつもりもない。

ただ、手の届く範囲で大切な人を大事にしたいだけのこと。

「さて、今日はそろそろ帰るとするよ」

「そうか。それじゃあ、また月の綺麗な晩に」

「ああ、月が綺麗な夜にね」

残っていたお茶を飲み干して、席を立つ。

「フェル、ありがとう……」

「ん？　どういたしまして？」

突然の私の感謝に、フェルは、意図がわからずともその言葉を受け取ってくれる。

私はフェルへの気持ちが高ぶって、ただ「ありがとう」とだけ言葉を紡いでいた。

というか、私も何に対しての感謝だったのか、上手く説明はできない。

色々な思いを含んだ複雑で素直な「ありがとう」だった。

攻撃魔術の使えない魔術師

～異世界転《てん》性しました。新しい人生は楽しく生きます～

Chapter 10

いくつかの問題の解決

ペルナちゃんに椅子に座ってもらい、彼女の気持ちを落ち着かせるため、目を閉じてもらう。その瞼《まぶた》に右手の指先で触れる。

私の後ろでポルナちゃんがソワソワしながら祈るような眼差しで見つめていた。その横でロイズさんは見守るように立っている。

ふぅ……私は軽く呼吸を整え、ルーンを唱えた。

「《トリス・ド・コニーラ《聖の輝きよ》　ダル・ド・ポト《闇の枷を》　モアラーヤ……《瞳より……》》」

ルーンを唱え始めると私の右手の指先が乳白色に輝き、白い光がペルナちゃんの両瞼の周りへと広がっていく。

詠唱を続ける。

「ピアース《解き》　ペスース《放ち》　ムブーヤ《移れ》》」

最後まで唱えるとともに、私の右手に再び白い光が集まる。右手をペルナちゃんの瞼から離して、用意してあった人形へと触れる。と、白い光が人形の中に染み込むように溶けて消えていく。

この人形は、ペルナちゃんと同じ茶色の髪と緑の瞳をしている。シズマさんに依頼して、できるだけペルナちゃんに似せた人形を用意してもらったのだ。その目には翡翠《ひすい》が使われていて、ルーン魔術との相性も高めている。

これでペルナちゃんにかかっていた「呪い」が人形へと移り、無害化された。

ゲームで『少女の呪いと身代わり人形』というイベントがあった。ざっくりイベントの流れを説明すると「悪い魔術師に呪われた少女を助けるため、少女と似た人形を作って、呪いを人形に移して少女を助ける」というものだ。

今回は、その知識を利用した。

「ペルナちゃん、目をゆっくり開けてみて」

「んっ！」

久しぶりの光に目が眩《くら》んだのか、ペルナちゃんが慌てて目を押さえる。

「大丈夫？　ロイズさん、ちょっと窓の光を遮って……ペルナちゃん、落ち着いて、どうかな？」

ふらつくペルナちゃんをそっと支えて、ロイズさんに室内の光を弱めるようにお願いする。

ロイズさんがカーテンをすばやく閉め、窓からの明かりを遮ると、室内は薄闇に包まれた。

「あ、見えます……」

と、再び目を開いたペルナちゃんとしっかりと目があった。どうやら上手《うま》くいったようだ。

「姉ちゃん、ほんと？　ほんとのほんとに見える？」

「うん、ポルナちゃんが泣きそうになっている顔もばっちり見えてるよ」

ペルナちゃんが、今にも涙を流しそうだったポルナちゃんをからかうように言った。

「うう、よかった、よかったよぉ……」

そして、ポルナちゃんが泣きながらペルナちゃんに抱きつく。

ポルナちゃんは、お屋敷で笑顔を見せてくれていたが、やはりペルナちゃんの目についての不安があったのだろう。今までの張り詰めていた思いが弾《はじ》けて、溢《あふ》れる感情が喜びの涙になって流れ落ちているように見える。素敵な笑顔だ。

ペルナちゃんはそんなポルナちゃんの頭を優しく撫《な》でる。

「ぐすっ……あの、その……ユリアお嬢様、ありがとう！」

「ありがとうございます、ユリアお嬢様。このお礼はどうやって返せばいいかわからないけど、絶対にお返しさせてください」

「どういたしまして、そのお礼の代わりといってはなんだけど、お願いがあるんだ」

「なんだよ？　ユリアお嬢様のためなら、何だってするぞ！」

「わたしもです」

二人とも真剣な目で、私に詰め寄るようにして、了解の意を伝えてくる。

そこで初めて、私は二人から深く感謝されていることを実感した。

治ってよかったという安堵《あんど》感が心の中に湧き上がる。大丈夫だろうと思ってはいたけど、もしかしたら失敗するかもしれないという不安もあった。

……まぁ、結果良ければすべて良し、としよう。

そして、今後のために必要なことを二人に示すために口を開いた。

「私が魔術を使えることは、最大限秘密にしてほしいんだ」

「なんで？」

「簡単に言えば、色々と面倒なことになるからかな」

「わかりました。ユリアお嬢様のためになるなら、誰にも言いません」

「もちろん、おれも言わない」

「ありがとう」

とりあえず、最初の口止めは問題なしと。

「それで、次はお願いというか、二人に提案なんだけど、二人ともこのまま住み込みで私のために働かない？　ポルナちゃんには、串揚げのお手伝いをしてもらっているけど、それを続けてもらって……」

「やる！」

「わたしもやらせてください」

私が提案を言い終わるより早かった。ポルナちゃんは勢いよく、ペルナちゃんはなにか決心する感じで、二人とも即答だった。

「二人とも、これからもよろしくね。あ、ペルナちゃんには確認したいことがあるんだけど」

「はい、なんでしょうか？」

「ペルナちゃんて、精霊の声が聞こえたりする？」

「はっ？」

ロイズさんが思わず漏らしてしまった声が聞こえた。ちらりと後ろを振り向くと、ロイズさんがものすごくなにかを言いたそうな顔をしている。

いったん見なかったふりをして、もう一度ペルナちゃんと向き合う。

「はい、たぶん、ポルナちゃんには聞こえない声が、わたしには聞こえます。これは精霊様の声だったんですね……ううん、みんな、いつもありがとう」

「みんなは、なんて？」

「ええと、『そうだよ、いつもお話ししているよ～』とか色々です」

そう、ペルナちゃんの言う「みんな」の正体は、本来見たり話したりできない精霊だった。

例の居住特区で、二人が隠れ住んでいた部屋を守っていたのも精霊たちだろう。

理由はわからないが、私が最初に部屋の近くに来たときに、私に呼びかけていたのは、ペルナちゃんを慕う彼らだったのだろう。きっと、ペルナちゃんを助けてほしかったのではないかと思っている。あえて、ペルナちゃんを通じて確認を取ることはしないけど。

「お嬢様、いいか？　ペルナちゃんは【精霊の加護】持ちということなのか」

「ええ、ペルナちゃんは【精霊の加護】持ちです」

私はちょっと自慢げに、ロイズさんの疑問に答えを返す。

「すごいな。お嬢様、彼女がどの精霊の加護を受けているかもわかるか？」

「えっと、石《いし》精霊と樹《き》精霊ですね」

「はぁっ？」

「あ、石精霊は地精霊系の精霊で、樹精霊は森精霊系の精霊です」

まず前提として、精霊という種族は、精霊王と、精霊王の配下と、その他の精霊に分類される。

石精霊や泥精霊は広義の意味では地精霊の一系統とされるが、石精霊と本来の地精霊は存在理由の異なる精霊だ。

本来の地精霊が土や地面を広く司《つかさど》るのに対して、石精霊は石や岩塊を司るのに特化している。

そこに優劣はなく、地精霊も石精霊も等しく地の精霊王の配下だ。

同様に森精霊は森林を司るのに対して、樹精霊は樹木そのものを司っており、両方とも森の精霊王の配下となる。

ちなみに精霊は多くが六柱の精霊王の配下であるが、そこから外れるその他の精霊もいる。その他に分類される精霊で有名なのは、月や太陽の精霊などの、精霊王以外のユニークな存在である精霊たちだ。

さて、ここからは推測となるが、街の中にもっとも溢れている物資といえば石材と木材だろう。

つまりは、石と樹なのだ。

ペルナちゃんが、目が見えなくても周りが見えているかのように動き回れた理由は、ここにあったのではないか？　と考えた。

「いやいやいや!?　それは本当か!?　ああ、お嬢様が嘘《うそ》つく必要なんかどこにもないのはわかっているが……」

「えっと？　もしかして精霊の名称って、そんなに広まっていないのですか？」

「や、そっちじゃなくて……二種の精霊から加護を受けてるって？」

「はい」

前世の『グロリス・ワールド』で全種類の【精霊の加護】を取得しようとして頑張っていた先輩がいたなぁ、「就活しなきゃ」とか言いながらゲームにログインしてたけど、あの人は無事に就職できたのだろうか……。

ときどき、前触れもなくフッと前世の日々の思い出がよみがえると、同時に胸が締めつけられるような気分になる。

最近は起こっていなかっただけに油断していた。

「あ〜、う〜……もう、お嬢様だからとしか言いようがないな……」

私が少しばかりアンニュイな気分に浸っていたら、ロイズさんに軽くひどいことを言われたような気がする。

「お嬢様、それとペルナちゃん……【精霊の加護】持ちは【霊獣の加護】持ちと比べれば、数は多い、それでも二千人に一人くらいと言われている。普通の種属が精霊と交信できることは珍しいからな。けどな、二種類の精霊の加護を持っているとなると、【精霊の加護】持ちの中でもさらに少なくなって七十万人に一人だ」

確か以前【幻獣の加護】持ちは、百七十五万人に一人とか聞いた覚えがあるけど……。

「確かラシク王国の人口三千五百万人の中で確認されている二種の【精霊の加護】持ちは、八十人もいなかったはずだ」

「つまり、【幻獣の加護】持ちくらい話題になったりします？」

「大雑把《おおざっぱ》に言えば同じくらいだな。もっとも【精霊の加護】持ち自体が珍しいわけじゃないから、さほど騒がれるような話じゃないが……」

「え、えっとえっと……どういうこと、ですか？」

ペルナちゃんは自分のことを言われているのにもかかわらず、ロイズさんの慌てっぷりがピンと

きていない様子だ。私も同じだから、その気持ちはよくわかる。

ちなみにポルナちゃんのほうは、最初の時点から話の展開についてこられていない。

「ロイズさん、つまりは、どういうことですか？」

「……端的に言えば、とっとと旦那様に報告したほうがいいぞ、だ」

はい。

それから、私が二人の様子を見ている間、先にロイズさんにはお父様に事情を話しに行ってもらった。その後でタイミングを見て私は直接お父様の書斎へと向かい、お父様にペルナちゃんの解呪と能力について、ざっくりと話した。

私はお父様の座る重厚な木製の机の前に立って話をしている。数分何かを考えるような顔をしてから、お父様が口を開いた。

「ロイズさんから覚悟をしておけと言われましたが……なるほど、【精霊の加護】の二種持ちね……めぐり合わせが良いといえばいいんでしょうか。それで二人とも、ユリアに雇われることを受け入れたんだね」

「はい」

「まぁ、公的な手続きは僕がやっておくよ。後見人は僕の名前で出しておくけど、それでいいかな？」

「ありがとうございます。お父様」

柔和な笑みを浮かべ、厄介事を引き受けてくれるお父様に、せめてもの気持ちを込めて愛娘《まなむすめ》モードで応じる。

ラシク王国は前世ほどきちんとした戸籍制度が整っていないとはいえ、領地である都市や街、村の住民を管理するために戸籍は作られている。

特に貴族や各ギルド幹部の関係者などについては、一定の規則があって国への申請が必要な場合がある。例えば、婚姻や養子などの縁組、保護者のいない子供を庇護《ひご》や後見する場合などだ。

今後のペルナちゃんとポルナちゃんのことを考えれば、できるだけ二人の身元は確かなものにしておきたかった。

「さて……」

二人の話は、いったんこれでおしまい。ここからは、別の話だ。

「まぁ、ユリアのことは信頼しているし、危険なことと悪いことさえしなければいいと思っている。ということを踏まえて、次の話を聞こうか」

「ありがとうございます。それは、とても嬉《うれ》しいです」

放任主義という言葉があるけど、お父様の私に対する扱いは、良い意味でそれに近い。

私は肉体こそ子供のものだが精神は成熟した大人であると認められている。

簡単に言うなら、「成人」として見られている。

それもこれも、私に前世の記憶があるということを信じてもらえたからだ。

それを証明するために、農具の改良なんかもやったけど。

この人の子供として生まれたことは、幸せだと思う。

今までも何度か言ったことだが、改めて感謝の気持ちを込めて伝える。

「なんでも新しい商売を手掛けるんだって？」

「はい、今からそれを説明しますね」

串揚げの屋台の運営について、シズマさんと一緒に練った計画をお父様にプレゼンする。

とはいっても、資金は私が『青き狼《おおかみ》商会』に貸していることになっている金額の一部を使うことにしたので、お父様には契約関係での保証人として、バーレンシア男爵の名義を貸してもらうだけのつもりだ。利益が安定したら、一定額のお礼金を出す予定もある。

「なるほど、ふらちゃるど？」

「フランチャイルドです。ひとまずは、多店同品《たてんどうひん》販売方式と命名しようと思っています」

言い切ったはいいけど、多分、フランチャイルドは間違っているんだよな。

結局正しい名称は思い出せなかった。

そのうち思い出せるかもしれないけど、喉の奥に何かがつかえているようなむずがゆさが残る。

まぁ、もともとこっちの世界では聞きなれない言葉だから、シズマさんと相談してわかりやすそうな名称にしたほうが今後の説明が楽だろうということで、『多店同品販売方式』という名前に落ち着いた。

「料理の下ごしらえを一ヵ所でやって、それを必要に応じて各支店に配る。各支店は、それぞれ本店と契約している料理人が店主となり、売り上げの何割かを本店に納め、残りがそのまま店主の収入になる。また各支店ごとに一定のエリアを任せることにして、同じエリア内には同じ料理を出す店を出店させない……か」

特に難しいことはやらないので、お父様は私の説明を一回で理解してくれたようだ。

「面白いというか、これは王国が領主に領地を任せて管理する形を真似たのかい？」

「いえ、私の前世において古くからある商売の方法です。ですが、効率的に組織を運営しようとしているからこそ、似てくるのかな、と」

「なるほど。言われてみれば、そのとおりかもね」

「今でも複数の店を経営する商会では似たような形になっていると思いますが、今回の場合、最初から支店を持つことを前提に組織を作って、運営します」

売り上げの上納ルールについてもシズマさんが色々検討していて、いまのところ、店が受け取る串の種類と数を店側からの申請制にして、その受け取った串に応じた分を上納してもらう方向になっているらしい。下ごしらえ済みの素材を後払いで買ってもらうような感じっぽい。

「それでこの話を商人ギルドに持っていく際にバーレンシアの名前を使いたいのですが、大丈夫でしょうか？」

「うん、構わないよ。紹介状も後で書いておくね」

お父様から見ても問題はなかったのか、軽く了承してくれる。

この場合の「紹介状」というのは、一種の委任状のような役割を果たす。つまり、「バーレンシア男爵家が責任を負うから、話や依頼を聞いてくださいね」というものだ。貴族が責任を負うという場合、聞く側にとってもいい加減に扱うことができないものになる。いい加減に扱った場合、紹介状を書いた貴族を怒らせてしまう危険性があるためだ。

「ただ、その商売の方法は画期的であるがゆえに、色々と問題が起こるかもしれないね」

「ですから、できるだけ事前に計画をきっちりと固めておこうかと」

「ああ、逆の考え方をしたほうがいい。仕事をする上で、事前にできる限りのことを決めて準備するのも重要だけど、計画段階ではある程度余裕を持たせておいて、いざというときに柔軟に対応したほうが結果として上手くいくよ」

むぅ、ほんとにもう、お父様には敵《かな》わないと思う。ロイズさんとは別の意味で。

正直、前世を含めてアルバイト以上の社会経験がない私は、仕事に対する知識が不十分なのかもしれない。

精神的には同い年なんだけど、今回みたいな話では、お父様が仕事のできる大人なのだと思い知らされる。普段は、ただの親バカなんだけどなぁ。

「わかりました、余裕は持たせるようにします」

「それと商談についてだけど、ロイズさんを僕の代理人として委任するから、上手くやりなさい」

「はい、ありがとうございます」

ん……？

何か言いたそうにしているけど、話は終わりじゃないのか？

「あの、お父様、話はまだあるのですか？」

「ロイズさんからね、もう一つ聞いてるんだ……ユリアが、昔の話を知りたがっていると」

「え、ええとそれは……」

私が奇襲を受けてどうするんだ!?

そういうことなら前もって教えといてよ、ロイズさんめ!!

私とお父様の間に、若干気まずい空気が流れる。腫れものに触るような、というか。

「ふぅ……それで、何が聞きたいのかな?」

止まっていた空気を動かすため、お父様のほうから口火を切った。

その顔は、いつもの柔らかなものでなく、先日のバーレンシア本家からの帰宅の際に見せたような、ちょっと困ったような顔つきだった。

「まず、お父様はお祖母《ばあ》様と血がつながっていないということを、いつ知ったのですか?」

「今のユリアと同じくらいの頃に、なんとなくかな。貴族同士の交流の中には、親子連れでというのもあるからね。子供だと思って、あれこれと言って聞かせるわけさ。特に醜聞じみた話は、勝手な噂《うわさ》として広がるものだから」

と、いうことは……成人する前に自分の生みの親と育ての親についての悪い噂とかは、知っていたみたいだね。

となると、どうしてお父様は家を飛び出したんだろうか? やっぱり家を継ぎたくないから?

「お父様は、どうして軍に入ったんですか?」

「簡単に言えば、家出……かな」

「家出?」

ああ、とお父様が恥ずかしそうに苦笑しながらうなずいた。

なんていうか、イケメンってどんな表情をしてもイケメンなんだよな、動作がいちいち様になるし、と場違いな感想が思い浮かぶ。

「それはお祖父様《じい》との喧嘩《けんか》が理由ですか？」

「あ～、ユリアはどこまで知っているのかな？」

「う……お祖父様に侯爵を譲られそうになって家を出たということまで聞いています」

「そうだね……。ああ、立ったままだと疲れるだろう、ここに座りなさい」

お父様はそう言って、書斎の隅にあった椅子を、執務用の机の横に置く。

これは、長い話になる、ということだろうか？

「まず、僕と父さんが喧嘩したというなら、違うだろうね」

「それじゃあ、なんで家出を？」

「そもそもだけど、喧嘩っていうのは一人じゃできないんだ。喧嘩をするには相手が必要だよね？」

「はい」

独り喧嘩、という言葉はあまり聞いたことがない。

人が争うとしたら、二つ以上の異なる立場が必要だ。

喧嘩なら、少なくとも対立する二人が必要になるだろう。

「僕が父さんに侯爵を継ぐように言われたとき、その場ですぐに断ったんだ」

「どうしてですか？」

「兄さんは昔から真面目で成績も僕よりずっと優秀な人でね。自慢の兄なんだよ。だから、家は兄さんが継いで、僕はその補佐をする。幼い頃からずっとそう思っていた。そのために色々と兄さんに負けないよう勉強をしたり、ロイズさんに頼んで護衛用の剣術を教わったりしてね」

なんていうか、兄弟の仲がいいのは喜ばしい話だ。

私もすっかり家族愛に目覚めていたな。

「けど、父さんは僕の成人を前に、いきなり僕に侯爵を譲るという話をしてきたんだ」

「でも断ったんですよね？」

「僕が断ったところで、父さんは僕に侯爵を継がせるという考えを変えなくてね。そこで、家を飛び出すようにして軍に入ったんだ。軍に入れば、見習いでも最低限の衣食住は保証されるからね。そして、正式に兵士になって、十分に暮らせるようになったしね」

「う〜ん……」

「さっきも言ったように喧嘩というのは、相手がいないとできないんだ。つまり、僕が父さんに喧嘩を売ったつもりでも、父さんが買ってくれなければ、それは喧嘩じゃなくて、ただ僕が一人で騒いだだけだよ」

私の中でお祖父様は、どうも人の話を聞かない頑固ジジイのイメージになりつつあるな。

「お父様はお祖父様が嫌いなのですか？」

「同じ王国に忠誠を誓った身としては、父さんの仕事ぶりは尊敬はしているし、嫌いではないよ。ただ、ちょっと寂しかった、かな」

「寂しい？」

「父さんは、僕が幼い頃から仕事ばかりで留守がちで、一緒の食事なんて、年に何度もなくてね。たまに一緒にいるときでも、他家への挨拶のついでだったり。そんな感じでさ。父さんに構ってほしかった、声をかけてほしかった。まぁ、子供っぽい理由さ」

お祖父様は、わかりやすく仕事中毒の父親だな。前世の同級生にもそういう人はいた。仕事をするためにバイトをするような感じだ。時代や年齢に関係なく、仕事をすることが日々の目的になってしまう人はいる。

「小さい頃の僕は思ったんだ。父さんから見れば僕なんていてもいなくても変わらないのかな？って。そんなときに僕のことを慰めてくれる割合は兄さんや母さんが三対一くらいかな。それもあって将来は兄さんの力になると、意気込んでいたんだよね。結局、軍に入っちゃったから兄さんの補佐どころじゃなくなっちゃったんだけどさ」

「けど、でもお祖父様は、ロイズさんに頼んで、お父様が軍に入れるよう後押ししてくれた……のですよね？」

「……え？」

あれ？　なんで驚いてるの？

「ユリア、今なんて？」

「え、お父様が軍に入ることをロイズさんにお願いしたとき、お祖父様はお父様のことをよろしく頼むと、ロイズさんに言ったと聞いています、けど」

「それは誰から聞いた話？」

お父様が真剣な目を私に向ける。

「ロイズさん本人から聞いた話ですけど……？」

「…………」

お父様は机の上に両肘をつき、組んだ手に軽く顎《あご》を当てる。

色々な感情が渦巻いているような悩ましい面持ちで、考えをまとめるために遠くを見つめるような眼差し。

「……た」

「え？」

お父様が、おもむろにボソリと呟《つぶや》く。

「う、ん……その話は初めて聞いた、と言ったんだ」

んん？　だって？　あれ？

私はロイズさんから聞いた。

けど、お父様は知らない話だった。

ということは、ロイズさんはお父様には話していなかった、むしろ黙っていたということ？

それじゃあ、なんで、私には話してくれたんだ？

「…………」

「…………」

今、この書斎に満ちている空気を調べたら、困惑成分が大量に検出されるだろう。

うーん、セットの違うパズルのピースが入っている、という感覚はあったけどな。

そもそもどこかで前提を間違えている気がする。

というか、つい最近似たような思いをしたような気がするんだけど、なんだっけ。

多分重要なヒントになるはずだ。思い出せー……思い出せー…………。

「あっ！」

「ユリア、どうしたんだい？」

「ああ、いえ、すみません……ちょっと、喉のつかえが取れたもので」

「のど？？？」

フランチャイズだ!!

いや、今はもう、これは心底どうでもいい。

なんでこのタイミングで……思い出せたのが変に悔しい……。

ひとまず、フランチャイズのことは忘れるとして……せっかく思い出したけど。

お父様の疑問だらけの視線も軽く無視する。

「お父様、お話をしましょう!!」

「ユリア？　いったい何の話をするんだい？」

さて、お父様と今後の予定について、改めて相談しよう。

カチャリ。

青い染料で野鳥が描かれた美しい白磁器のカップが、私の前に置かれる。

「どうぞ」

「ありがとうございます」

侯爵家の使用人のお姉さんは、美しいお辞儀をしてパーラーから出ていった。

せっかくなので、カップを慎重に持ってお茶をする。

ん、この前、フェルに飲ませてもらったお茶と同じ味がする……むぅ、やっぱり高いお茶なんだろうな。

高いといえば、この茶器を壊したらいくら弁償しなきゃいけないんだろう、って、私が壊しても別に賠償金を請求されたりはしないか、孫だし。

うーん、まだちょっとバーレンシア本家は他人の家という感じが抜けないな。

ここはお祖父様、バーレンシア侯爵家の屋敷だ。私は、事前にアギタさんに連絡を取って協力をお願いし、お祖父様が家にいるタイミングを見計らって訪問した。

つらつらと取り留めのないことを考えていると、扉がノックされ「失礼します」という毅然とした声とともに、アギタさんが入ってきた。後ろから、お祖父様も入ってくる。

「突然のご訪問、申し訳ありません、お祖父様」

「いや、よく来た。ケインは知っているのか？」

「ええ、家族にはお祖父様の家に行くと言ってから来ましたから」

私は席を立って、淑女らしい挨拶と、突然訪問した無礼を詫《わ》びる。ふふふ、淑女的マナーは完璧だ。お祖父様は私の向かいのソファに座り、私にも座るよう手振りで促す。

席につくとアギタさんがお茶が注がれたカップをお祖父様の前に置く。

あ、いまカップをテーブルに置くときに音が一切しなかった、アギタさんすげー……緊張のあまり、ほんと、どうでもいいことに気が散ってしまう。

「それで話があると聞いたが、いったい何の話をしようというのだ？」

お祖父様は、カップにも手をつけずに、いきなり本題を切り出してきた。

ここはもう一気にいくしかないよな。

「いくつかありますが、おもな目的はお祖父様の真意を確かめに」

「真意？」

「はい、お祖父様が、どうしてリックにバーレンシア侯爵を継がせたいのか？　そもそもリックはまだ五歳にもなりません。確かに良い子ですが、まだまだ両親と一緒にいたい年頃です」

「それが、将来的にリックのためになるからだ。両親ならばカイト夫妻が代わってなるだけだろう」

「はい、確かに伯父《おじ》夫婦ならば、リックを可愛《かわい》がってくれるかもしれません。けど、リックがお父様とお母様の元にいたいのに、無理に引き離そうというなら、私は反対します」

初めてお祖父様の顔に感情の色が浮かんだ。

その感情を一言で言うなら「怪訝《けげん》」かな。私のことは、おとなしい孫娘くらいにしか思っていなかったのだろう。

心の隅が悲しさを訴えてくるが、それを変えるためにやってきたのだ。

「反対といっても、どうするつもりだ」

その口調は疑問ではなく、問い掛けというよりも、確認というか、断定に近い。

「どうすることもできないだろう」そう言っているのと同じだ。

「成人したら、軍に入るよう入れ知恵をします」

「ッ!!」

お祖父様の顔に新しい感情の色が浮かんだ。わずかだが、明らかな動揺が見えた。

ここまでは、事前の予定どおり進んでいる。この台詞《せりふ》を言っても、お祖父様の態度が変わらない場合も考えていたが、今の表情を引き出せたなら成果は上々だ。

「それでもリックを、伯父夫婦の養子にしますか？」

できる限り何事もないような笑顔を張り付けて、お祖父様の返答を待つ。

いや、心臓はバクバクいってるんだけどね。手には汗がにじんできている。

もちろん、暑さではなく緊張の汗だ。

「何が言いたい？」

「その質問はどういった意味でしょうか？」

「……昔の話を調べてきたんだろう？　そもそもこの会談はケインの指示か？」

「はい、色々な人に昔の話を聞いてきました。けど、この会談はあくまで私の案であり、お父様の指示ではありません」

裏で、お父様が糸を引いていると思われたようだ。これはまぁ、まだ想定内の反応だ。

「そもそも、お祖父様は、なぜ伯父様ではなくお父様に侯爵を譲ろうとされたのですか？」

「それは……」

会談が始まってから初めてお祖父様が返答を言いよどむ。

「ケネアお祖母様と、いえ正確にはケネアお祖母様の生家と関係がありますか？」

「……ケネアを知っているのか？　その上で彼女をお祖母様と呼んでくれると？」

「ええ、お父様を産んだ方ですから、私にとっては血のつながったお祖母様になりますよね？　もちろん、ルヴィナお祖母様のことは、ただお祖母様とだけ呼びますけど」

そういえば、お母様のご両親については会ったことも話を聞いた覚えもない。

王都ではなくて、別のところに住んでいるんだろうか？

「ふぅ……そんなことまで調べてきたか。ならば、想像はついているんじゃないのか？」

深く溜《た》め息をついて、お祖父様がどこか挑むような眼差しで私を見る。

それはすでに孫を見る優しい目ではなく、対等な立場にある相手と相対する目だった。

本人は無意識だろうが、椅子の肘掛けに置かれたお祖父様の手に力が強く込められている。

「侯爵を正当な血筋に……ケネアお祖母様の系統に戻すため、ですか？」

「そのとおりだ……」

お祖父様の眼差しが柔らかくなり、両肩から力が抜ける。

シズネさんから教えてもらった情報によれば、お祖父様はケネアお祖母様の生家が途絶えたことにより、地位を継いだ形になる。

「侯爵を継いでしばらくは、慣れない仕事で成果は上げられず、人からのやっかみなどで心身ともに消耗しては、さらに仕事が滞り……家に帰らず仕事場に泊まり込むこともままあった」

客観的には運が良かっただけで利益を得てしまったように見られる。

たとえそれが不幸な事故の結果だとしても妬《ねた》む人はいただろう。

「ケインをこの手に抱いたのは、ケネアが生きている間に両手に満たない程度しかない。今思えば、当時もっとも辛《つら》かったのは、家族を亡くしたばかりのケネアだったのだろう。ケインの出産と同時に、ケネアが死の気配を漂わせるようになった」

当時を思い出しているのか。

お祖父様は私のほうを向いているが、視線は私のことを捉えていない。

私を通して、過去を見ているのだろう。ポツリポツリとお祖父様の思いが言葉になる。

「私は侯爵としての仕事をこなす傍ら、医者や魔術師を片っ端からあたって安くはない礼金を払い、ケネアの治療を頼んだ。いずれも効果はなく、ケネアの死は変えようがなかった。私がそれに気づいたのは、死ぬ直前にあったケネアに、ありがとうと礼を言われたときだったよ」

「ありがとう、ですか？」

「ああ、新しい家族《ケイン》を授けてくれて、私を独りぼっちにしないでくれてありがとう、だ。ろくに家にも帰らず、仕事に明け暮れていた男に対して、独りじゃなかったからと……当時、ケネアと一緒にいたのは、まだ言葉も喋《しゃべ》れない赤ん坊だけだったのに」

目を瞑《つぶ》り、そして、止まらない思いのまま、お祖父様は本音を口にする。

「……ケネアを失って初めて、私はケネアのことも愛していたことに気づいた」

私ではない誰かに向かって語っているのだろうか、お祖父様の懺悔《ざんげ》は続く。

「……昔、ケインに声をかけたら、泣かれたことがあった」

声をかけたら？　お父様が泣いた？

「そのとき、たまたま屋敷を訪れていたルヴィナがケインを抱きしめたら、ぴたりと泣き止《や》んでくれて……ああ、母親を欲していたのだろうと思ったのだ」

それって、つまり、お父様が二歳とかの頃の話じゃ……。

「彼女が私と付き合っていた頃に子供を授かっていたという話を聞き、その真偽を確かめるつもりだったのだが、それよりもケインを抱きしめてくれたルヴィナへ、その場でプロポーズをしていたよ。もちろん、ケネアのことは愛していた……けれど、私が恋をしたのはルヴィナだった。また、そのとき誓ったのだ。いずれ、侯爵の地位はあるべきところへ返して、元どおりにしよう、と」

フフッと自嘲するかのようにお祖父様が笑う。

「私は、ケインの良い父ではなかった。だが、せめてケネアの血筋に侯爵を戻すことだけが願いだったが、それも叶《かな》いそうにない。侯爵家の当主としても良い当主ではなかったということだな」

ドスドスッ、バンッ!!

荒い足音が聞こえたかと思ったら、パーラーの扉が勢いよく開け放たれる。

「ケイン……？」

「……お父様……」

パーラーに乱入してきたのは、お父様……ケイン・バーレンシア男爵だった。

「声をかけたら泣かれたって、いつの話ですかっ!!」

あ、ツッコミどころはそこなんだ。

別室に待機していたお父様には、ルーン魔術を使って「パーラーでの私とお祖父様の会話がすべて聞こえる」ようにしてあった。

その仕込みももちろんアギタさんは協力者《グル》だ。

「……あれはもう三十年くらいは前の話になるか？」

お祖父様も律儀《りちぎ》に指折り数えて返事をする。

いや、そういうことじゃないと思うんだけどな。

「そんな子供の頃の記憶なんて残っていませんよ！」

お父様が至極まっとうな意見を言う。

というか、今になってやっと納得したけど…………お父様とお祖父様って、やっぱ血のつながった親子なんだなぁ。こう、にじみ出る雰囲気がよく似ている。

二人が並んで言い争い（？）をしているのを見て、私はそんな感想をぼんやりと抱いた。

「旦那様、ケイン様……喉がお渇きではないでしょうか？」

そう言ってアギタさんは、蒸留酒のボトルとグラスを二つ取り出した。

ああ、つまりは、これ以上は二人とも素面《しらふ》じゃないほうがいいという判断か……できる執事は違うな。

「いただきましょう！　父さんも飲んでください！」

「う、うむ……」

お父様の勢いに押されて、お祖父様がうなずく。そして、お父様は、どかっとソファの私の横に腰掛ける。

アギタさんは手早く水割りを作って、お父様とお祖父様に手渡す。

「なんだか、変にうじうじしていた過去の僕に乾杯！」

呆気《あっけ》に取られるお祖父様を横目に、お父様が一気にグラスの半分を呷《あお》るようにして飲む。

「…………」

「父さん、話をしましょう」

「……いったい、何の話をするつもりだ？」

手元のグラスを持て余しながら、お祖父様が目の前で息巻くお父様に問い返す。

「とりあえず、なんでもいいんです。色々と話をしましょう……今の僕は、過去の僕を笑い飛ばしてやりたい気持ちです。……ねぇ、父さん、僕も父親になりました」

「ああ……そうだな」

「けれど、今でも父さんのことはよくわかりません。それでも、わかったことが一つだけあります」

「一つだけわかったこと？」

「父さんがいたから、今の僕がいます。もう泣くしかできない子供じゃありません。だから――」

呼吸を一拍。

「――三十年分の話をしましょう」

そのお父様の言葉を、お祖父様はゆっくり噛《か》みしめ、そっとグラスに口をつけて、入っていた薄い琥珀《こはく》色の液体を流し込む。

「長い話になるな……」

「構いません……今日はきっと僕と父さんにとって、変われるチャンスなんです」

本当に長い話になりそうだな……私は、良いタイミングで退出させてもらおう。不安はもうない、お互い、相手を恨んでも憎んでもいない、ただすれ違っていただけなんだから。

二人にとって、伯父様たちやリックにとって、より良い形になってくれれば、と私は願った。

攻撃魔術の使えない魔術師

～異世界転性しました。新しい人生は楽しく生きます～

Interlude

インタールード

光の消えた世界で

ペルナ

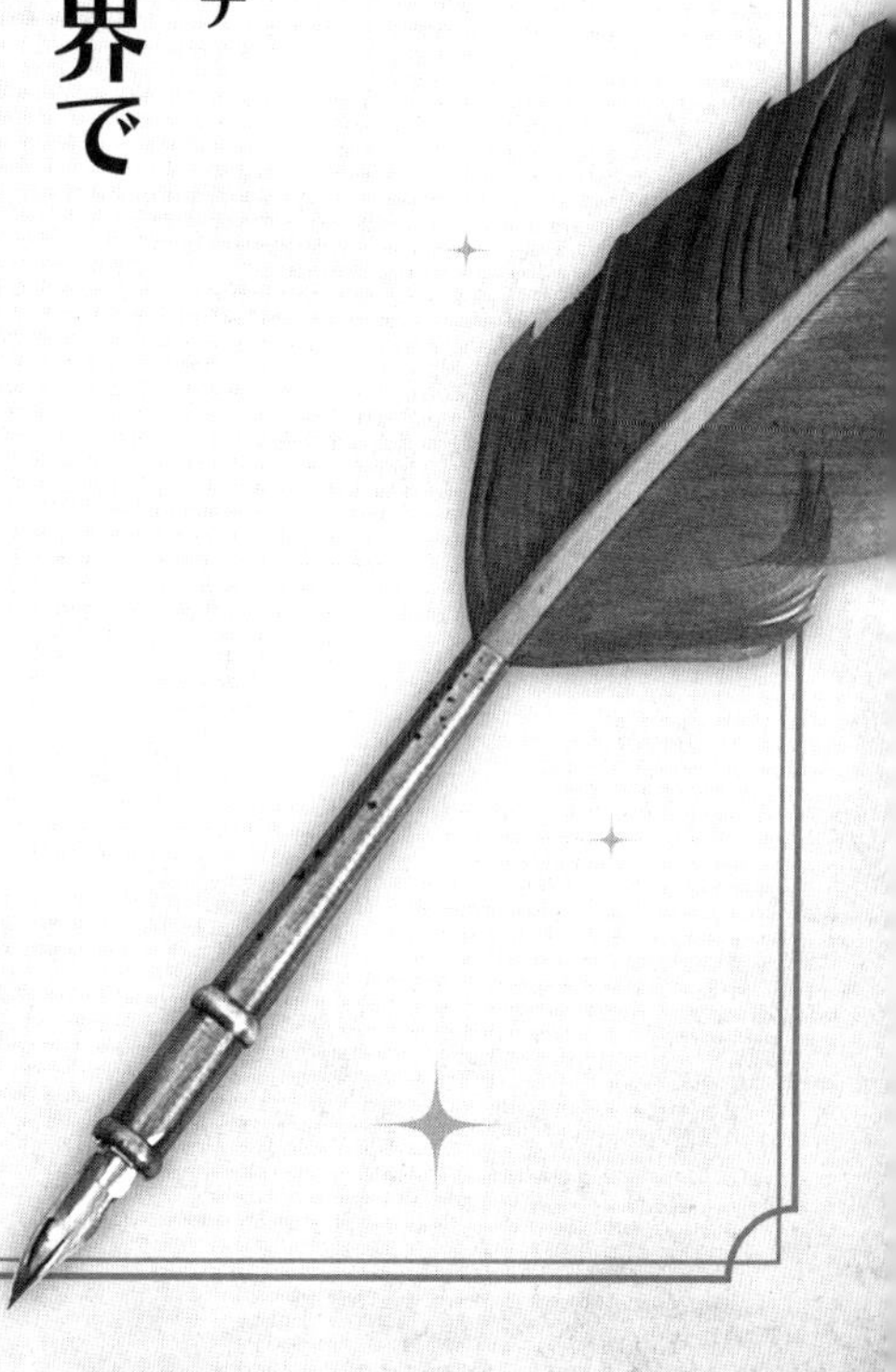

朝起きて目の前が真っ暗だったときは、夜明け前なのかと思いました。

そして、ポルナちゃんの反応で、自分の目が完全に見えなくなったことに気づいてしまう。

ああ、ついに来たな……意外なことに、わたしの気持ちはとても静かで落ち着いていました。

たぶん最初は、食事の味が感じられなくなってきたことからです。

段々と痺《しび》れて動かしにくくなっていく手足、小さな声が聞こえにくくなっていく耳、そして、徐々に光に反応しなくなっていく目。

目が見えなくて怖いという気持ちはありませんでした。

ポルナちゃんの笑顔が見られなくなったのが、残念だけど。

みんなが助けてくれたので、歩くことに問題はなかったです。

みんなを通じて、自分のすぐ近くには何かが在るということはちゃんとわかりました。

まだお母さんと一緒に暮らしていた小さい頃、わたしは耳を澄ますと、誰もいないはずの場所から小さな声が聞こえてくることに気づきました。

わたしは、その姿なき友達のことを「みんな」と呼んでいます。

そのことをお母さんに伝えると、「絶対に誰にも言ってはいけない」と約束をさせられました。

目が見えなくても、階段だったり、壁だったり、椅子だったり、壷だったり……身の回りにある様々ものがそこにあることを感じ取れます。

ただ、中にはフォークやナイフなど位置を感じ取れないものもありました。

「姉ちゃん、だいじょうぶ、おれが助けるから」

泣きじゃくるポルナちゃんを慰めながら、これからのことに考えを巡らせます。

今すぐにでも逃げ出したい焦りのようなジリジリとした気持ちが胸の中に渦巻いていました。

ここにいては危険だと、みんなも強く囁《ささや》いています。

わたしは養児院からの脱走を決意しました。

事前に、ポルナちゃんに脱走についてゆっくり言い聞かせました。

目が見えなくなった翌日の夜……わたしとポルナちゃんは、養児院から逃げ出しました。

夜の闇はわたしの味方で、何も怖くはなかったです。

本当に怖いのは、脱走がバレて、職員に見つかってしまうこと。

怖がるポルナちゃんの右手を握り、夜の街を早歩きで進み続けました。

幸運なことに、深夜の脱走は問題なく成功しました。

夜のうちに誰も住んでいない家を見つけて、そこがわたしたちの新しい家になりました。

その日が寒い冬じゃなかったのもすごく助かりました。

夜でも暖かいので、服一枚で寝ても困りません。

こっそり隠し持っていたお母さんが残してくれたお金を使って、日々を食いつないでいく。

最初のうちはそれでなんとかなりました。けれど、お金は勝手には増えず、減っていくだけ。

早いうちにお金を手に入れる手段を探す必要がありました。

そして、取れる手段はポルナちゃんが働くということ……情けない、わたしはお姉ちゃんなのに
……。

わたしは悪い子です。

ポルナちゃんは、わたしを見捨てたりはしないということを知っていました。

わたしはズルい子です。

養児院が危険ならば、一緒に逃げずに、ポルナちゃんだけを逃がせばよかったのです。

そうすれば、わたしを気にすることなくポルナちゃんは生きていけました。

お母さんの残してくれたお金だって、二人で使うより、全部ポルナちゃんに渡してポルナちゃんだけを逃がせばよかったのに。

わたしは目が見えなくなることは怖くなかった。ただ、一人になるのが怖かった。

あのまま養児院にいたら、ポルナちゃんと離れ離れになる気がしていました。職員たちがなにを考えているかはわかりませんでしたが、わたしだけを誰かに渡すようなことを言っていました。

お母さんの残してくれたお金が、ちょっとずつ無くなっていく。

ポルナちゃんが不安な気持ちを口にします。

「だいじょうぶ」と優しく慰めます。

ポルナちゃんは仕事が見つからないと悩みます。

「明日またがんばろう」と明るく励まします。

ポルナちゃんを心配させないよう、心に蓋《ふた》をして優しく明るい姉ちゃんを演じます。

ある日、仕事が見つかってお金をもらってきたと、ポルナちゃんが言いました。

どんな仕事を？　わたしは、そうポルナちゃんを問い詰めることができませんでした。

そして、その翌日……わたしたち姉妹の人生を変える人と出会ったのです。


ユリアお嬢様は、なんというか、すごい人でした。

初めて出会ったときは、男の子っぽい喋《しゃべ》り方をしていてケインという嘘《うそ》の名前を使っていたので、なにか事情があるのかなと思っていました。

あとになって理由を教えてもらったのですが、危ないことに巻き込まれないように、という話でした。……それなのに、わたしたちが隠れていたような場所に来たり、ちょっとズレているな、と思ったことは、本人には言えませんでした。

わたしたちに両親のいないことを知ると、さらりと謝ってくれました。本当に悪いことを訊《き》いてしまったと思っていて、謝ることが普通のことだと考えている謝り方でした。

それは、とてもすごいことです。

わたしが知っている生まれが良いとされる人たちは、わたしたちのことをまるで野良犬のように扱います。ただの犬ではありません、嫌がられる野良犬です。

ユリアお嬢様からは、わたしたちを普通《ただ》の人として見てくれていることが伝わってきます。

ポルナちゃんの仕事について尋ねたのですが、上手《うま》く誤魔化されてしまいました。

その後、ポルナちゃんが帰ってきて、大事な話があると二人で部屋から出ていってしまいました。

部屋に残ったわたしは、ユリアお嬢様のことを考えていました。

部屋の出入り口での会話、気がつけば、見知らぬ相手を部屋に招き入れていました。

普通、初対面の人にはもっと警戒するべきです。

けれど、ユリアお嬢様に対しては、最初からそのような気持ちが一切湧きませんでした。

一目惚《ひとめぼ》れというやつでしょうか？

いえ、見えてないのですから、一耳惚れ？

ん～……しっくりきません。ちょっとなにか違います。

好きとか嫌いとかじゃないのです。

あえて言うなら――『安心感』でしょうか？

そこにいて当たり前で、この人はわたしたちを害することはないという、そんな気持ちです。

ユリアお嬢様が、わたしを騙《だま》そうとする詐欺師だったなら、わたしはすっかり騙されてしまったことになります。

けど、それでもいいかなという思いもあったのです。

不思議な気持ちでした。

しばらくして、二人はグイルさんを連れて戻ってきました。

グイルさんがくれたナコルのジュースを飲みながら、ユリアお嬢様と色々なお喋りをしました。

戻ってきたポルナちゃんは、妙にユリアお嬢様になついていました。

その二人の様子を聞いていて、なんだか、ちょっとムッとしてしまったのは内緒です。

なぜなら、ポルナちゃんとユリアお嬢様のどっちにムッとしたのかが、わたしもよくわからなかったからです。

その日のうちに、わたしとポルナちゃんは、ユリアお嬢様のお屋敷でお世話になることになりました。ユリアお嬢様は、わたしたちをお風呂に入れて身体を洗ってくれました。そして、お風呂から出たわたしたちに新しい服をくれました。

嬉《うれ》しそうにするポルナちゃんと一緒に早速その服を着ました。お風呂に入る前に自己紹介されたアイラさんにも手伝ってもらいました。

わたしは見られませんが、新しい服はとても綺麗《きれい》で可愛《かわい》いものだったようです。ポルナちゃんがすごくはしゃいで、わたしと自分の新しい服を褒めていました。

着替え終わると、まず最初に、ユリアお嬢様にお礼を言いました。

ユリアお嬢様は、新しい服を着たわたしたちをすごく褒めてくれましたが、嬉しいという気持ちより、なんだか恥ずかしい気持ちが先にきてしまいました。

ユリアお嬢様は、もっと綺麗な服を着て、もっと可愛らしい格好の女の子を知っているはずです。それなのに、わたしを当然のように褒めてくれることが、申し訳ないというか、いえ、嬉しいことは嬉しいのです。自分の気持ちが上手くまとまりません。

バーレンシア家のお屋敷でお世話になり始めた翌日、ユリアお嬢様がわたしたちに香水をプレゼントしてくれました。

以前、わたしが小さくお母さんがまだ元気だった頃、お母さんはお父さんと会うときにだけ香水を使っていました。

なんだかそれが大人の女性という感じがして、すごく憧れていたのを思い出します。

色々と緊張して、ユリアお嬢様に何度もお礼を言ってしまいました。

……けど、香水をくれたのは、もしかして、変な匂いがするからと遠まわしに言われたのでしょうか？

今日から、できるだけ体を清潔にしたいと思いました。

香水をもらった日から数日後。

ポルナちゃんは、ユリアお嬢様のお仕事を手伝って軽食の屋台で働いているようです。

最近はいつも美味《おい》しそうな匂いをさせて帰ってきます。

ひさしぶりにわたしたちの部屋にユリアお嬢様が来てくれました。

ユリアお嬢様は、使用人のロイズさんと一緒でした。

そのロイズさんと初めて会ったとき、わたしはゾクリと寒気がしました。

ユリアお嬢様と初めて会ったときとは逆で、ロイズさんは「なんだか怖い」が最初の印象です。

ポルナちゃんがユリアお嬢様に向かって興奮気味に質問をしています。

「ポルナちゃんに一つ謝らないといけないことがあるんだ」

「どういうことだよ？　いまさら、約束はなかったことにしろとか言う気か!?」

約束？　ポルナちゃんが悲しそうな声を上げます。

「えっと、ごめんね……」

「あやまったって許せるかよ！　姉ちゃんの目を治してくれるって言っただろ！」

「ん？　ああっ、そうじゃなくて！　ええと、私が、その魔術師なんだ……」

「え？　へ……？」

「あの、ユリアお嬢様……どういうことですか？」

「うん、ポルナちゃんとね、約束をしたんだ。ペルナちゃんの目を治す魔術師を紹介するって」

ユリアお嬢様がポルナちゃんとわたしの目を治す約束を……？

つまり……。

「本当ですか？　ユリアお嬢様、わたしの目は、治るんですか？」

「信じられない？　私もやってみないとわからないけど……任せてくれる？」

「いえ、信じます。ぜんぶユリアお嬢様に任せます」

仮に失敗してもいい、実は嘘だったとしてもいい。

でも、期待してしまいました。それはユリアお嬢様の言葉だから……としか言いようがないです。

ユリアお嬢様の指示に従って、椅子に座って、ぎゅっと目を瞑《つぶ》ります。

わたしの瞼《まぶた》に、ユリアお嬢様がそっと指先を添えました。

「《トリス・ド・コニーラ……》」

ユリアお嬢様が、わたしが知らない言葉を歌うように呟《つぶや》きます。

それは多分、魔術の呪文だと思います。お母さんが夜に明かりを作るときに口ずさんでいた言葉に似ています。

目の奥にじんわりと温かい熱が生まれました。

「……ペスース　ムブーヤ》ペルナちゃん、目をゆっくり開けてみて」

「んっ！」

久しぶりの光に目が痛みを覚えます。そう、わたしの目が光に反応していました。

「大丈夫？　ロイズさん、ちょっと窓の光を遮って……ペルナちゃん、落ち着いて、どうかな？」

ユリアお嬢様の声に従って、今度はゆっくりと目をひらいて、パチパチとまばたきをします。

わたしのことを心配そうに見つめる澄んだ空のような青い瞳。

薄く銀色がかった金髪が薄暗い部屋の中で輝いている。

あ、この人がユリアお嬢様なんだ……初めて見るはずなのに、すんなりと納得してしまいました。

「姉ちゃん、ほんと？　ほんとのほんとに見える？」

「うん、ポルナちゃんが泣きそうになっている顔もばっちり見えてるよ」

その一言で、ポルナちゃんの我慢が限界を迎えたのでしょう。涙を流しながら、わたしに抱きついてきました。

「うう、よかった、よかったよぉ……」

わたしは、ポルナちゃんを抱きしめ返して、背中を優しくポンポンと叩《たた》いてあげます。

そんなわたしたちを、ユリアお嬢様が素敵な笑顔で見守ってくれています。

この人のために、わたしは、わたしができる精一杯の恩返しをしよう。

わたしは、そう決意をしました。

Chapter 11

ひとまずの一件落着

上質な小麦粉と香り豊かなバターをたっぷりと使ったシンプルなマフィンのようなお菓子がホロホロと口の中で溶けていく。

フェルが用意してくれるお菓子はいつも美味《おい》しくて、毎回のちょっとした楽しみだ。

あれ……もしかして私って餌付けされてる？　ジルと同じ扱い？

「お茶のお代わりはいるかい？」

「うん、もらう」

驚愕《きょうがく》の真実に気づいてしまい、内心は大荒れながらも、フェルの言葉に返事する。

……まぁ、いっか、美味しいものは正義！

結論から言えば、リックの養子縁組の話はなくなった。

早くともリックが成人になるくらいまでは、今回のような話が再び出てくることはないだろう。

あの日、翌朝まで語り明かしたお祖父《じい》様とお父様は、一歩くらいずつは歩み寄れたようだ。

それから、理由がもう一つある。

伯父《おじ》夫婦に子供ができた。伯母《おば》様がおとなしかったのも、妊娠による体調不良とそのことを隠していることへの不安もあったようだ。

もちろん子供の父親は伯父様である。不倫を疑われても仕方のない状況かもしれないが、本人もバッチリ心当たりがあると言っているらしい。

私がシズネさんに手を回して、ルーン魔術を使う手はずを整える前に判明した。まぁ、結果オーライである。

そもそも、伯父様は子供が作れないと言っていたが、伯母様と口裏を合わせて子供を作ろうとしていなかっただけらしい。お父様の愚痴を聞いているときに教えてもらった。

理由はお父様が準侯爵にならず、自分が指名されてしまったことに伯父様は後ろめたさを感じていたのだとか。

結局のところ、お父様、お祖父様、伯父様、それぞれの感情が絡まった毛糸玉のようになっていたということだ。

毛糸玉をほどくにはどこかでスッパリ断ち切るか、ゆっくりと時間をかけてほぐしていくしかない。

正直なところ、きちんと当事者全員が話し合っていれば、今回みたいなことは起こりえなかった気がしてならない。

「まぁ、ともあれ、お家騒動の解決お疲れさま」

「どういたしまして……」

フェルには、色々と相談に乗ってもらったため、詳細をぼかしつつも結果の報告をした。

あんまり興味はなさそうだと思っていたが、結構、真剣に聞いてくれる。

フェルの美点の一つは、なんでもない話でも、きちんと人の目を見て話を聞くことだろうな。

「問題は解決したのに、どこか浮かない顔をしているな？」

「うん、まぁ、なんだろう……ちょっと違和感がね」

「違和感？」

「色々と情報を聞き集めたけど、結局本人に直接話して、そうしたらその結果が上手《うま》くいったわけで……う〜ん」

確かに、今回の問題を解決するにあたって、私はそれなりに活躍をしたと思う。

けど、解決されてみると、別に私でなくてもよかったような気がするわけで……。

「頑張った実感が湧かない、とか？」

「なの、かな？」

「少なくとも、ボクはユーリが頑張っていたのは知っているぞ」

「うん、ありがとう」

むぅ、十歳児《フェル》に心配されるようでは、いけないと思うのだが。

「なんていうか、私はたまたまそこにいただけって気がするんだよね」

「ふむ……演劇に例えるなら、舞台裏でユーリにその役割を割り振った劇作家がいる、みたいな？」

「ああ、うん、すっごくそんな感じ」

そもそも今回の件は、まず、シズネさんに発破をかけられたのがきっかけで……ロイズさんに相談して、アギタさんから話を聞いて……。

で、ロイズさんがお父様に話をしたせいで、いきなりお父様と直接対決をして、その結果、お祖父様との会話不足に気づいて……。

お祖父様のところに直接乗り込むと、お祖父様はお祖父様で予想していた以上に口下手だということが判明して、事件は解決、めでたいな。

……黒幕はシズネさんとロイズさん？


「ふぅ……」

小さく息を吐く。

外していたら、赤っ恥だよなぁ。

推理小説の探偵は、いつもこんな気持ちなんだろうか……。

フェルとのいつもの密会が終わった翌日の昼。

私は再びバーレンシアの本家を訪ねていた。今度はお父様がいない、自分ひとりだ。

お祖父様は帰宅していなかったが、目的はお祖父様ではない。

「今回の件……私に情報が集まるように裏で動いていたのは、お祖母様《ばあ》、ですね？」

「あらあら、どうしてわかったのかしら？」

あっさりと犯行を認める真犯人。いや、犯行でもなんでもないんだけど……。

「多分ですが、シズネさんとロイズさんも協力者ですね？」

「ええそのとおり。ユリアちゃんは賢いわねぇ」

推理というか、私の思いつきに近い推測なんだけど、当たっていたようだ。

「気づいたきっかけはアギタさんです。軽食店で会って、お祖父様の情報を話してくれたときに、最後にアギタさんは、そのときのことをお祖父様に話すと言っていました。けど、先日お祖父様に会ったとき、お祖父様は私とアギタさんの会談を詳しく知らない様子でした。つまり、アギタさんは、最後の質問において、その場しのぎの嘘《うそ》をついたことになります。そうして考えてみるとお祖父様以外にもう一人、アギタさんに対して命令をできる人物がいることに気づいたんです」

今日は、パーラーではなく、お祖母様の私室に通された。それもあって、内緒話感が強い。

「もう一つ、今回の件についてお父様の事情とお祖父様の事情を知っているという、二人にある程度近しい人にしか、今回の計画は立てられないと思いました。だから、私はお祖母様が裏で動いていると思ったんです」

当たっていて本人が認めてくれたからよかったものの、お祖母様に知らないふりをされた時点で詰みだった。

ほとんど賭けみたいな推理しかできない不格好な探偵もいたもんだ。

今回の件において、「別のパズルのピースが交じっている」と思っていたが、それが正解だった。お父様の事情とお祖父様の事情を知っていて、二種類のパズルのピースをバラバラにして渡してくれたのが、お祖母様だったのだ。

こうなると、一つ疑問が湧いてくる。

「けど、お祖母様はどうして、自分でお父様とお祖父様を仲直りさせようとしなかったのですか？」

「あらあら、耳が痛い質問をされちゃったわ。そうね、わたしだからできなかった、ということかしら？」

「どういうことですか？」

お祖母様が、唇に右の人差し指を当てて「ん〜」と、何かを考えるような仕草をする。微妙によく似合う。

「ケネアさんのことはご存じよね？　アギタさんたちから聞いていると思うわ」

「はい」

「カイトを産んで、ひっそり地方で暮らそうとしていたわたしを見つけ出してくれたのが、ケネアさんだったのよ」

「……そうだったんですか？」

「ケネアさんが、お亡くなりになる直前だったかしら、わたし宛《あて》に手紙が届いてね……。『あなたに頼めた義理ではないかもしれませんが、あの人を支えて、息子《ケイン》を慈しんでくれませんか？　後のない私の最初で最後の願いです』って」

「…………」

なんて、言えばいいんだろうか。

会ったことも話したこともないけど、私の中に流れる血の四分の一はケネアさんのモノなのだ。

それだけ身近なはずなのに、皆の思い出の中だけにしかいない……とても遠い存在だと思う。

「手紙をもらうまでは、ずっと、ケネアさんのことを憎い敵だと考えていたの。恥ずかしい話だけど、悲劇の主人公みたいな自分の境遇に酔っていたのね、きっと。あの人のために身を引いた自分のほうが、何倍もあの人のことを慕っている、みたいな。そのためにもケネアさんは、憎い敵役《かたき》でいてくれなければならなかったのに……そんな手紙が届いたの」

遠い目をするお祖母様は、なにを思っているのか、私では汲《く》み取れない静かな表情をしている。

「敵《かな》わない……素直にそう思ってしまったわ。女としても、母としても、多分、わたしは一生をかけてもケネアさんに追いつけないのかもしれない、って。それまで一度も話したことも会ったことさえない相手だったのにね。実は血がつながっているのよ、ちょっとだけ。ケネアさんと、わたしは従姉妹《いとこ》になるのかしら。カイトとケインの実の関係は再従兄弟《はとこ》ね」

正直、貴族の世界においては、従姉妹という関係は、それほど深い関係とは言えないが、そうかお祖母様も良いところの血筋だから、お祖父様の再婚相手になれたのか。

「認めちゃったら、同じ人を愛した者同士、子供を持つ母同士でしょう？　ケインのことが気になって気になって、それでも踏ん切りがつかなくて……ケネアさんが逝去された噂《うわさ》を聞いてから、やっとのことで、あの人の前に姿を現したの。そこからは、まぁ、あの人に求婚されて……」

と、そこで、お祖母様が私の顔を見る。

「……ユリアちゃんにはまだちょっと早すぎる話だったかしら？」

「そんなことはありません、けど」

静かになってしまっていた私の態度を、お祖母様はそう受け取ったようだ。

ただ事実は小説より奇なり、っていう言葉を思い出していただけなんだけどな。

「それで、どうしてお祖母様が二人を仲直りさせられなかったのですか？」

「うん、わたしはあの人の考えには、賛成だったからかしらね……」

「つまり、お祖母様もバーレンシアの家をお父様に継がせたかった、と？」

ちょっと悲しそうに目を細め、けれど、すぐにいつもの笑顔に戻り。

「ええ、でも、ケインが自分で道を選ぼうとしているなら、それでもいいかなとは思っていたのよ。直接血はつながっていないとしても、大事な息子ですもの。そうして、気づいたときには、すっかりあの人とケインの間に溝ができていたの。ケイン宛に何度か手紙を書いたんだけど、『元気です』みたいな味気ない返事しか返ってこなくてね」

小さな子供のヤンチャに困るような表情をして、お祖母様は話を続けた。

「もうわたしじゃあ、二人を仲直りさせるのは難しいところまで溝が広がっていたわ。そして……気づいたら十年以上経《た》っちゃっていたの。あの人とカイトはよく似ているって言われるけど、それは外見だけであって、本当にあの人に似ているのはケインのほうだと思うわ。二人とも、真面目で、変なところで頑固でね」

「あ、それならわかる気がします」

どっちかがもう少し不真面目だったら、もっと早くに、自然と解決できていたような気もする。

今回の事態を引き起こしたのは、ほんのわずかなすれ違いで、どっちかが悪いわけでも、どっちかが相手を憎んでいるわけでもなかったこと。

……つまるところ、私は悪いところ探しをしていたせいで、今回の実情に気づくのが遅れたんだ。

「今回、ケインが王都に戻ってくると聞いて、いいきっかけだと思ったわ。そこでシズネさんに相談したら、ロイズさんとユリアちゃんの話を聞かせてもらったの。ユリアちゃんに任せることにしたのは、昔から事情を知っている人が動いても事態は変えられないと考えたからよ。それがわたしではダメだった理由ね」

そして、苦笑する。

「あとは願掛けっていうのかしら？　実際にユリアちゃんに会うまではちょっと不安だったけど、シズネさんの言うとおり、とってもお利口さんで、もしかしたら上手くいくかも……いえ、きっと上手くいくって信じていたわ」

シズネさんが問題になるようなことを話したとは思わないんだけど、私のことをなんて説明したんだろう。それにしても、今回は皆、私に変な期待をかけすぎだと思う。

まぁ、その期待を裏切るような結果にならなかったのが幸いだけど。

「お祖母様、ありがとうございました。今日はもう帰りますね」

「そう？　よかったら、また遊びに来てちょうだいね」

「はい、今度はリックとリリアと一緒に来ます」

「それはいいわね。絶対、三人で来てちょうだい、約束よ？　楽しみに待っているわ」

嬉《うれ》しそうに微笑《ほほえ》むお祖母様に見送られ、私はバーレンシアの本家を後にした。

「ただいまー」

挨拶をしながら家の玄関を抜けると、タタタッという音が聞こえる勢いで駆けるリリアが、私の右腕にしがみつくように飛び込んできた。

「おかえりなさいませ、おねえさまっ!!」

「こらっ、リリア。飛び込んだら、危ないでしょ」

「だって……」

とリリアが何か言い訳をしようとしたとき、今度はダダダッという音、リリアよりもずっと重量感があり……

「ボースーー!!」

「ジ、ジル待てっ!! うわっ!?」

「きゃあっ!?」

ジルがリリアとは反対側に飛び込んでくる。

体格差のせいで勢いを受け止めきれず、リリアを巻き込んで一緒に倒れ込んでしまう。リリアが床にぶつからないように、自分の体を下にして、受け身を取る。

「あたたた……ジル、ちょっとどいて。大丈夫、リリア?」

「はい、だいじょうぶです……」

ジルがパッとどいたので、リリアを先に起こして、自分も起き上がる。

いつつ、これは背中のどこかが打ち身になっているかも……あとでルーン魔術を使って治そう。

「ボス、おかえりなさい!」

「あのね、ジル……」

「何するのよ、このバカ犬!!」

「ジルは犬じゃない‼　オオカミ‼」

うーー、むーー、と二人が睨《にら》みあう。

今日のジルは、作業着であるメイド服ではない平服を着ている。つまり、休日なのだ。

そのため、私のことは「ボス」呼びになっている。そのあたり、ジルは自然と使い分けている。

とても賢いのだが、幼女《リリア》と絡むと、どうもその賢さが活かされないようだ。

「……おかえりなさい、お姉さま」

「ユリアお嬢様、おかえり！」

喧嘩《けんか》が始まりそうな二人をよそに、リックとポルナちゃんが出迎えてくれる。

「ただいま、えーと、あの二人はまた？」

「はい、またです」

「まただな」

リックとポルナちゃんが困ったような顔をして、私の質問を肯定してくれた。

ちなみに、なぜかリックとポルナちゃんは、すごく相性がいいようだ。どちらかといえば人見知りしがちなリックだが、最初からポルナちゃんとは打ち解けていた。二人とも少年の心を持っているからだろうか。逆にペルナちゃんの前では、照れるような態度でなかなか近寄ろうとしない。

そして、リリアとジルは相変わらず、お互いをライバル視しているようだ。そんな二人が喧嘩をする原因なんて、単純なもので……。

「ボスはリリアより、ジルのほうが好き！」

「そんなことないもん、おねえさまはバカ犬より、わたしのほうがずっと好きだもん！」

「ジルのほうがずっとずっと好き！」

「わたしのほうがずっとずっとず〜〜っと好きなの！」

「ジルのほうが……」

「わたしのほうが……」

やれやれ。モテる女は辛《つら》いなー。

「はい、二人ともこっちに注目ー」

「なに？　ボス」「なに？　おねえさま」

「私は喧嘩する子は大っ嫌いです」

「「っ!?」」

口喧嘩に夢中になっていた二人に、とっておきの言葉をかける。

恐る恐るといった感じに二人が私のほうを見てくる。それににっこりと笑ってうなずく。

そうすると、リリアとジルはお互いにお互いを探るように見つめ合い。

「「ごめんなさい」」

そして、同時に謝罪の言葉を口にする。

喧嘩するほど仲がいいって言うし、この二人は、本当は仲は悪くないのだ、きっと。

でも喧嘩するより、仲良しなのが一番いいよね。

Side story

サイドストーリー

お風呂を沸かして入るだけの話

リックとリリアの双子が生まれてから、三つ目の季節を迎えた。

新しい年になって、寒い時期が過ぎ、段々と昼間の暖かさが増してくる風の季節。

私の六歳の誕生日はまだ来ない五歳の頃だった。

それは、ルーンストーン関連の実験が行き詰まっていた中、ふとした思いつきから始まった。

「お、おおおっ!? できてる! え、これ、どうなの?」

屋敷に置いてあった蓄光石を見て、これも石だよな、と考えたのがきっかけだった。ものは試しとルーンストーン化してみたところ、なんなく成功してしまった。さらに複数のルーン文字を封じ込めても、蓄光石が割れてしまうことはなかった。

いま手に持っているのは《イム《火》》《ノア《熱》》《アニ《燃》》のルーン文字を封じ込めた蓄光石だ。

さっそく裏庭に出て、地面に落ちていた小枝を拾って右手に持ち、左手にルーンストーン化させた蓄光石を持って、着火のルーン魔術を使う。

「《イムーラ《火よ》　アニーヤ《燃えろ》》……普通に使えるね」

ルーン魔術で消費する保有魔力の減りが、いつもよりわずかに少ない感じがした。つまり、左手に持った蓄光石がルーンストーンとしての効果を十分に持っているという証拠だ。

封じ込めるルーン文字を変えたり、増やしたりして、三文字分が限界であることがわかった。その三文字も、魔力消費が少なめで、効果が弱めのルーン文字に限られる。

例えば、魔力消費が多い《ドォレ《竜》》などは、一文字でも封じ込めることはできない。

とはいえ、それでも宝石以外でルーンストーンに有用な素材は初めてだ。宝石類に比べれば、ルーンストーンとしての能力は低いが、値段的にも手に入りやすい素材であることは魅力的だった。

「あれ、これを水に入れたらどうなるんだろ？」

蓄光石は、太陽の光を吸収して、水に入れるとその光を放出して白く光る性質がある。それゆえに「光を蓄える石」で、蓄光石という名前が付けられたのだ。

しかし、ルーンストーン化した場合、その性質はどうなるのだろうか？

気になったので即実験だ。

桶《おけ》に井戸から水を汲《く》んで、その中に蓄光石を入れてみる。

「うん、光らないな……つまり、元の性質は引き継げていないってことか？」

普通ならすぐに白く発光し始める石が黒いままだった。

しばらく様子見をしていたが光る様子がまったくない。

「まぁ、ルーンストーンとして使えるだけ有効だしな。あっつ!?　えっ？」

実験が終わったので、水の中から蓄光石を取り出そうとして、水の熱さに驚いて手をひっこめた。

熱いといっても、別に火傷《やけど》をするほどの温度ではなく、人肌よりもちょっと温かいくらいだ。しかし、常温の水だと思い込んでいたので、驚いてしまった。

「けど、これは……」

桶をひっくり返すと、桶の中から水と一緒に蓄光石が地面に転がり出てくる。

そっと、蓄光石に手をかざすと熱気を感じる。あきらかに、蓄光石自体が熱くなっていた。

「すごい……蓄光石の性質が変わったんだ」

水につけると発熱するようになったのは、きっと封じ込めたのが《イム》《火》や《ノア》《熱》など、火系統のルーン文字だったせいだろう。

「え、じゃあ、他のルーン文字を封じ込めたらどうなるんだ？」

こういう新しい発見を詳しく調べたり、実験したりすることは、ゲームでもよくやっていた。ワクワクしてきたぞ。

一巡りほどの間、いつもどおりの双子の育児を手伝いながら、蓄光石に色々なルーン文字を封じ込めて効果を調べてみた。うっかり屋敷にあった蓄光石の在庫を使い切ってしまったので、お父様に頼んで次からは多めに買ってもらうことになった。

実験の結果をまとめると、こんな感じだ。

火系統のルーン文字は、おもに水を温める効果がある。とはいえ、いずれも水が沸騰するほど熱くはならず、最高でも九〇度くらいまでだった。

水系統のルーン文字は、逆に水の温度が下がり、冷たくなった。これも凍るほどではなく五度くらいまでしか下がらない。

地系統のルーン文字は、泥水になったり、色水になったり、逆に澄んだ浄水になったりした。

動力系統のルーン文字は、水が波打ったり、ぐるぐる渦巻いたりして、何かに使えそうだった。

一番期待していた生体系統のルーン文字だったが、残念ながら、これはイマイチだった。回復ポーションなどの薬代わりになったりはせず、変な匂いがするようになったり、ヌルヌルネバネバするようになったりしただけだ。

また、いずれも「水を変化させる」効果ということで共通しており、水に作用しにくいルーン文字では特殊な効果は得ることができなかった。

「やっぱり、お湯を作る蓄光石の効率が一番良いみたいだね」

実験した組み合わせの中で、水を加熱してお湯にするルーンストーンが、効果と持続時間の面から、効率が良いことがわかった。そして、お湯といえば。

「これでお風呂場が造れるんじゃない!?」

実は半年ほど前、双子の出産からしばらくした頃。

私は屋敷にお風呂場を造ってもらうため、お父様とロイズさんに直談判し、清潔さが大事なことや入浴による気分のリフレッシュなどについて延々と説明した。

事前にお母様に根回しをしていたおかげもあり、まずは小さく試してみようということで湯船代わりに大樽《おおだる》を用意してもらえることになった。

屋敷の隅にあった空き部屋を、室内が濡《ぬ》れてもよいように改装し、仮のお風呂場とした。そこでさっそくみんなにお風呂体験をしてもらったのだ。

お湯は私がルーン魔術で用意した。

まず、ルーン魔術を使って井戸から水を汲み出し、風呂用の大樽へと運ぶ。井戸と大樽のある部屋を数回往復したが、それでも桶を使って運ぶより効率は良かった。

さらにルーン魔術で、四〇度くらいまで加熱して完成だ。

アイラさんには、まだ魔術のことを秘密にしているので、申し訳ないが、アイラさんが屋敷にいないタイミングで実施した。

大樽といっても、湯船としてはギリギリのサイズだった。

五歳の私が中に入って立つと肩が出るくらいのサイズで、お母様は屈《かが》んでぎりぎり胸元が浸《つ》かるくらい。

お父様やロイズさんは腰までで、半身浴に近い感じになってしまった。

それに浴槽としては溜《た》められるお湯の量が少ないため保温性が低く、一人入るごとに冷めてしまうので、私が沸かし直す必要もあった。

だが、その頑張りの甲斐《かい》もあって、お風呂体験の感想は三人とも悪くはなかった。むしろ、お母様に関しては育児の疲労回復や、肌が綺麗《きれい》になったこともあり、かなりの絶賛だった。私も久しぶりのお風呂もどきを楽しめた。

ただし、すぐにきちんとしたお風呂を造るというわけにはいかなかった。

理由としていちばん大きいのは「お湯を用意するのが大変なこと」だ。

その原因は「水を用意する」のも「水を温める」のも本来大変な労働だからだ。お試しということで、私がルーン魔術を使ったが、お風呂を常設しようとしたら、そうはいかないだろう。

ルーン魔術を使わずに、お風呂用に手作業で水を汲んだり、薪《まき》を使って水を温めること、それが大変な作業になることは想像するまでもない。さらに、大樽よりも大きな湯船を用意したいので、その大変さは何倍にもなる。

結果として、お風呂造りの計画は保留され、大樽のお風呂もどきは一巡りに一、二回程度の楽しみ、ということになった。

それでも、私とお母様は毎回ちゃんと樽の中に入っていたが、お父様とロイズさんは、お湯には浸からず、せっかくだからと大樽のお湯と手ぬぐいを使って身体をぬぐっているだけだったりする。

「けど、これがあれば、みんなで毎日お風呂入り放題になるよね」

私は発熱する蓄光石を片手にニヤリと微笑《ほほえ》む。

実は「水を用意する」ことについては、以前から計画していたことがあり、残る問題は効率良く「水を温める」方法を編み出すことだったが、この石で解決できる。

よし、それじゃあ、お父様たちを説得するための準備を始めよう。

蓄光石の実験が一段落した翌日、私はお父様とロイズさんを裏庭に呼び出して、ルーンストーン化した蓄光石のアピールをすることにした。

ちなみに、お父様たちにはルーンストーンではなく、宝魔石として説明する。いずれ、この認識も揃《そろ》えたいな。

「これが火系統の効果を持たせた蓄光石です。さっそく、これを水の中に入れてみますね」

「光りませんね」

「光らないな」

しばらく待ってから、二人に桶の中に手を入れて確かめてもらう。

「確かに温かくなっていますね……」

「どうやら、蓄えた光を放つかわりに、熱として放つようになっているようです。もしかすると、もともと蓄光石自体が宝魔石に近い性質を持っているのかもしれません。宝魔石化の魔術を使うことで、光を放つ特性が変化したのかなと思います」

驚く二人に、私の仮説をさらっと説明する。

「こいつはすごいな……お嬢様、これがあれば、焚《た》き火《び》がなくても料理ができるじゃないか？」

「……それは確かに。今度、試してみます」

後日試してみたところ、食材を茹《ゆ》でるのには使えたが、スープなど味がついたものは、なぜか上手《うま》く温め直すことはできなかった。味を付ける前のスープの加熱調理まではできたので、十分使えるものだったが。私が見落としていたロイズさんの調理に使うというアイデアは、数年後、串揚げの屋台で活躍することになる。

「この蓄光石をいくつか使えば、計算上、お風呂を温める熱源としては十分だと思います」

「良さそうだね。けど、もう一つの問題はどうするんだい？」

「はい、お風呂に使う水の問題ですね。そこで用水を作ろうと思います……これを見てください」

そう言って、私は事前に庭に用意してあった工作の結果を見せる。二つのボウルの底を管でつないだ装置だ。ボウルは両方とも上向きにして、互いの位置の上下をずらしている。

「こっち側に水を入れると……」

高い方に配置してあるボウルのほうに勢いよく水を入れる。

そうすると、管を通って、低いほうのボウルの底から水が噴水のように湧き出る。

「と、こういうわけです」

「なるほど……」

「……？　悪いが、よくわからん。そりゃあ、上に水を入れれば、下から出てくるだろ？」

ロイズさんは、正解を口にしながら理解できていないようだった。

「つまり、この屋敷が立っている丘よりも高い位置から水を取り入れて、長い管を経由して水を通せばよい、ということかな？」

逆に、お父様はバッチリ理解できたようで、自分なりに嚙《か》み砕いた言葉で確認してくる。

「はい、そうです！　たしか、前世では『逆サイホンの原理』とか言われていたと思いますけど……つまり、どこかの川の上流から、家までずーっと水道管をつなげれば、水の問題は解決です」

「……結構な距離があると思うが、たぶん、一〇〇〇キルテ《一〇キロメートル》はあるはずだ」

「一日一〇キルテ《一キロメートル》つなげれば、十日で終わりますね！」

「そんな単純な計算じゃないと思うが……というか、できるのか？　いや、できるから言っているのか」

うん、ロイズさんもだいぶ、ルーン魔術の万能さに慣れてきたようだね。

「お父様、どうでしょうか？」

「うん、ユリアができると言うならやってみればいいいんじゃないかな？」

「ありがとうございます、お父様！」

お父様の許可をもらえたので、まずはロイズさんと、水源の探索に向かうことにした。

そこから、ルーン魔術を使っての屋敷までの水道管作りを、日々のルーティンの中に組み込む。

木が邪魔だったりして、色々と試しながら、徐々に水源と屋敷をつなぐ管を配置していく。

ちなみに、水道管も土系統のルーン魔術で土を変化させて、コンクリートみたいに固めて作ったので、頑丈で壊れにくい細い土管となった。金属管にするか迷ったが、土管のほうがルーン魔術の効率が良かったので、土管を正式採用した。

さすがに十日間で終わらせることはできなかったが、風の季節が終わる前、屋敷の裏庭まで無事に水が届くようになった。噴き出てきた水に、庭が水浸しになってしまい、慌てて排水用の水路を造ることになったりもしたけれど。

噴水のおかげで洗濯が楽になったと、お母様とアイラに好評だったのは、想定外の利点だった。


「ふふふ……さっそく、入りましょうか、お父様！」

大人三人が並んで入れる大きさにした湯船に、なみなみとお湯が溜まっているのを眺めて、思わず笑い声がこぼれ落ちる。

屋敷に水が届くようになってから、なんとか給湯設備を作ったり、屋敷の一部屋を本格的にお風呂場に改装したりした。お風呂場の床は、水道管を作るのに利用した土を変化させて固めるルーン魔術を使って、敷き詰めたタイル風の床にした。

そして、ついに本日、新しい湯船が初めてお湯で満たされたのだ。

前世の水道に比べれば心もとない給湯量だったが、それでも湯船に一刻《二時間》ほどで湯を満たすことができた。お湯に手を入れて温度を測ると、たぶん四〇度ほど。適温だ。

一番風呂は、私とお父様に譲ってもらった。

私が最初に入るのは、お風呂場に何か問題がないか確認するためで、お父様に入ってもらうのは、入浴の仕方を覚えて、あとでお母様やロイズさんと一緒に入ってもらうためだ。

脱衣所としてお風呂場の入り口横に設けた小部屋で、そそくさと服を脱ぎ始める。

「お父様、湯船に入るには、必ず先に身体を洗ってからです！　まず、こうお湯を浴びてください」

「こうかい？」

私は湯船から桶でお湯をすくって肩からかける。両肩に二回ずつ。

お父様も、その動作を真似てお湯を浴びてくれる。

「はい、そうしたら、手ぬぐいを濡らして、石鹸《せっけん》をこすります」

「ふむふむ」

記念すべき最初の入浴ということで、事前にお父様におねだりして石鹸を取り寄せてもらった。

大きさは一リットルの牛乳パック一個分くらいの塊で、それ一つで一五万シリルくらいするらしい。

切り分けて使うのだが、私の握りこぶし程度で一万シリル相当の高級品だ。

今、手ぬぐいにこすっただけでも五〇〇シリル分くらいだろうか？

「手ぬぐいを揉《も》むと泡が出てきます。これで身体を洗っていきます」

「ふむふむ」

十分に泡立った手ぬぐいで両腕と肩、首、胸、お腹、腰回り、お尻と上から順番に擦《こす》っていく。

「足を洗うときは、この椅子に座ってください。立ったままでも洗えますけど、ここで足を滑らせると危ないので」

お風呂場の備品として、硬い木の板を凹《おう》の形に組んで、逆さまにしたような椅子も用意した。

その椅子に座り、手ぬぐいで太ももから足の裏までしっかり洗う。全身が綺麗になっていく感じはするけど、全然身体に泡が立たないな。

最後に手ぬぐいを広げて、両手を使って背中をゴシゴシと。

「お父様、背中はこうやって、両手で手ぬぐいを持って洗ってもいいのですが、今日はお父様の背中は、私が洗ってあげます。そのまま座っていてください」

せっかくなので、父親の背中を洗ってあげよう。椅子に座っているお父様の後ろに回る。

お母様とは別の意味でお父様もナイスボディだなぁ。無駄なお肉がついていない手足はスラリとしており、お腹周りは薄くだが腹筋が割れていて、まるで美術の授業で見た彫刻のようだ。

もちろん背中もしっかりと硬くて、筋肉がくっきりとわかる。ごしごしごしっと。

「お父様、痛くないですか？」

「ああ、大丈夫だよ」

両手で力いっぱい手ぬぐいを擦りつけるが、痛くないようだ。そして、お父様はどこか嬉《うれ》しそう。

まぁ、親孝行のサービスだからね！

「やっぱり、泡立ちが良くないですね」

「どうかしたのかい？」

「お父様、手ぬぐいはこんなに泡立っているのに比べて、私たちの身体にはあまり泡が残っていないのです」

「そういうものじゃないのかい？」

「いえ、たぶんですが、身体に汚れが多すぎて泡立ちが悪くなってるんです……お父様、もう一回ずつ洗いましょう。まずは、今ついている泡を落としますね」

桶でお湯を汲んで、手ぬぐいを洗う。うん、お湯がすぐに濁った。続けて「お湯を汲んで肩からかける」を繰り返して、身体についた泡を流す。それから、石鹸のヌメリがなくなるまで、お湯でたっぷり濡らした手ぬぐいで身体を軽く擦っていく。

「あ、石鹸を使う前に、掛け湯だけじゃなくて手ぬぐいで身体を擦るべきでした」

そうすれば、石鹸を使うのは一度で済んだかも。まあ、済んでしまったことは仕方ないか。

「ほら、お父様、きちんと泡立てば、こんな感じになるんです」

今度は、私の全身に白い泡が残っている。

泡でモコモコ美少女ユリアちゃんの誕生である。

……………こほん。

改めてお父様の背中をゴシゴシと洗って、私と同じく泡まみれにした。

泡でモコモコ美青年ケインの誕生である。

……………さて、お湯をかけて全身の泡を流すと、一皮むけたようにスッキリとする。

「できれば、髪の毛も洗えると良いんですが、今日はお湯をかぶってブラシで整えるだけにします」

桶でお湯をすくって、頭からかぶり、濡れた髪に木製のブラシをかけていく。実は、シャンプーのような髪専用の液状洗剤について聞いたところ誰も知らなかったので、今日のところはお湯シャンプーだ。

石鹸を水に溶かして使ってもいいんだけど、たしか、髪がキシキシになっちゃうんだよな。お酢とか植物油を使えばいいんだっけ？

ちなみに普段は髪はどうやって綺麗にしているかというと、髪用の粉薬《こなぐすり》があり、それを髪にまぶしてから、桶に溜めた水で洗い流している。

お風呂で使うシャンプーとは違い、頭を「洗う」というより「消毒する」という感じだ。服を着たまま、お母様やアイラさんにやってもらっている。

お父様のお湯シャンプーが終わってから、私は湯船の前で腰に手を当て仁王立ちをする。

「さあ、お父様！　これで入浴の準備は整いました！　さっそく湯船に入りましょう」

まずは右足から湯船の縁を乗り越えて、お湯の中へと入る。続いて左足もお湯の中へ。人間の平熱よりもちょっと高い温度のお湯をチャパチャパとかきわけ、湯船の中央まで進む。そこでゆっくり腰を下ろすようにして、お湯の中にしゃがみこむ。

「あああ～……」

お湯の熱がじわじわと全身に染み渡ってくる。

気持ちぃ～ぞ～～。

「ほぅ……これは、良いですね……」

お父様も、湯船の中でだらりと足を伸ばして座り、胸までお湯に浸かっている。

「お父様……これが本当のお風呂です」

「うん……ユリアがこだわっていたのも、わかる気がするよ……僕の実家でも、こんな大きな湯船はなかったしね……」

「そうなんですか……文化の違いかもしれませんね……」

お父様との会話もとりとめもなく、のんびりとする。

お風呂、気持ちいい……。

お風呂、造ってよかった……。

色々と今後について、考えたいこともあったんだけど、全部後回しだね……。

「お父様、慣れないうちは長湯すると危ないので、そろそろ上がりましょう……」

「そうなのかい？」

「はい、のぼせてしまうと、身体がフラフラして大変ですから……」

さてと、いつまでもお湯に浸かっていたい気持ちはあるけど……熱中症や脱水症状が怖い。お湯に浸かっているとわかりにくいが、入浴によって、身体からたくさんの汗を出しているはずだ。お母様も楽しみに待っているだろうしね。

脱衣所で、乾いた手ぬぐいを使ってきちんと身体の水滴をぬぐって、パンツとワンピースを着る。

事前に用意してあった水差しからコップに水をついで、飲み干す。

「あ～、水が美味《おい》しい……お風呂も気持ちよかったし、最高です」

今日一番の笑顔を浮かべる私を見て、お父様も笑顔を浮かべていた。

後日、お母様やアイラさんと一緒にお風呂に入ってドキドキしたりするのは、別のお話。

Characters

シズマ
ペルナ

MFブックス

攻《こう》撃《げき》魔《ま》術《じゅつ》の使《つか》えない魔《ま》術《じゅつ》師《し》
～異《い》世《せ》界《かい》転《てん》性《せい》しました。新《あたら》しい人《じん》生《せい》は楽《たの》しく生《い》きます～ 2

2023年10月25日　初版第一刷発行

著者　絹野帽子
発行者　山下直久
発行　株式会社KADOKAWA
〒102-8177　東京都千代田区富士見2-13-3
0570-002-301（ナビダイヤル）
印刷・製本　株式会社広済堂ネクスト
ISBN 978-4-04-682561-2 C0093

企画　株式会社フロンティアワークス
担当編集　齊藤かれん（株式会社フロンティアワークス）
ブックデザイン　AFTERGLOW
デザインフォーマット　AFTERGLOW
イラスト　キャナリーヌ

本シリーズは「小説家になろう」（https://syosetu.com/）初出の作品を加筆の上書籍化したものです。
この作品はフィクションです。実在の人物・団体・事件・地名・名称等とは一切関係ありません。

ファンレター、作品のご感想をお待ちしています

宛先
〒102-0071　東京都千代田区富士見2-13-12
株式会社 KADOKAWA　MFブックス編集部気付
「絹野帽子先生」係「キャナリーヌ先生」係

二次元コードまたはURLをご利用の上
右記のパスワードを入力してアンケートにご協力ください。

https://kdq.jp/mfb
パスワード
acvxv

● PC・スマートフォンにも対応しております（一部対応していない機種もございます）。
●アンケートにご協力頂きますと、作者書き下ろしの「こぼれ話」がWEBで読めます。
●サイトにアクセスする際や、登録・メール送信時にかかる通信費はご負担ください。
● 2023年10月時点の情報です。やむを得ない事情により公開を中断・終了する場合があります。

赤ん坊の異世界ハイハイ奮闘録
そえだ 信
イラスト：フェルネモ
不作による飢餓、害獣の大繁殖。
大ピンチの領地を救うのは、赤ちゃん!?
体力担当の兄・ウォルフと、頭脳担当の赤ん坊・ルートルフ。
次々と襲い来る領地のピンチに、
男爵家の兄弟コンビが立ち上がる!!
がんばる2人を応援したくなる、領地立て直しストーリー!!
MFブックス新シリーズ発売中!!
MFブックス

カリグラファーの美文字異世界生活
L'histoire d'Isgloriest
～コレクションと文字魔法で日常生活無双？～
［著］磯風
［イラスト］戸部淑
STORY
突然、異世界に転移した拓斗。
神様もいないし、どうしたら……と思ったら、
彼は自身の『コレクション』とカリグラフィーの
【文字魔法】に気がついた！　普通に暮らしてる
つもりが全然普通じゃない異世界生活物語。
カリグラフィーを駆使した
【文字魔法】で
美味しいものや物作りをするぞ！
MFブックス新シリーズ発売中!!
MFブックス

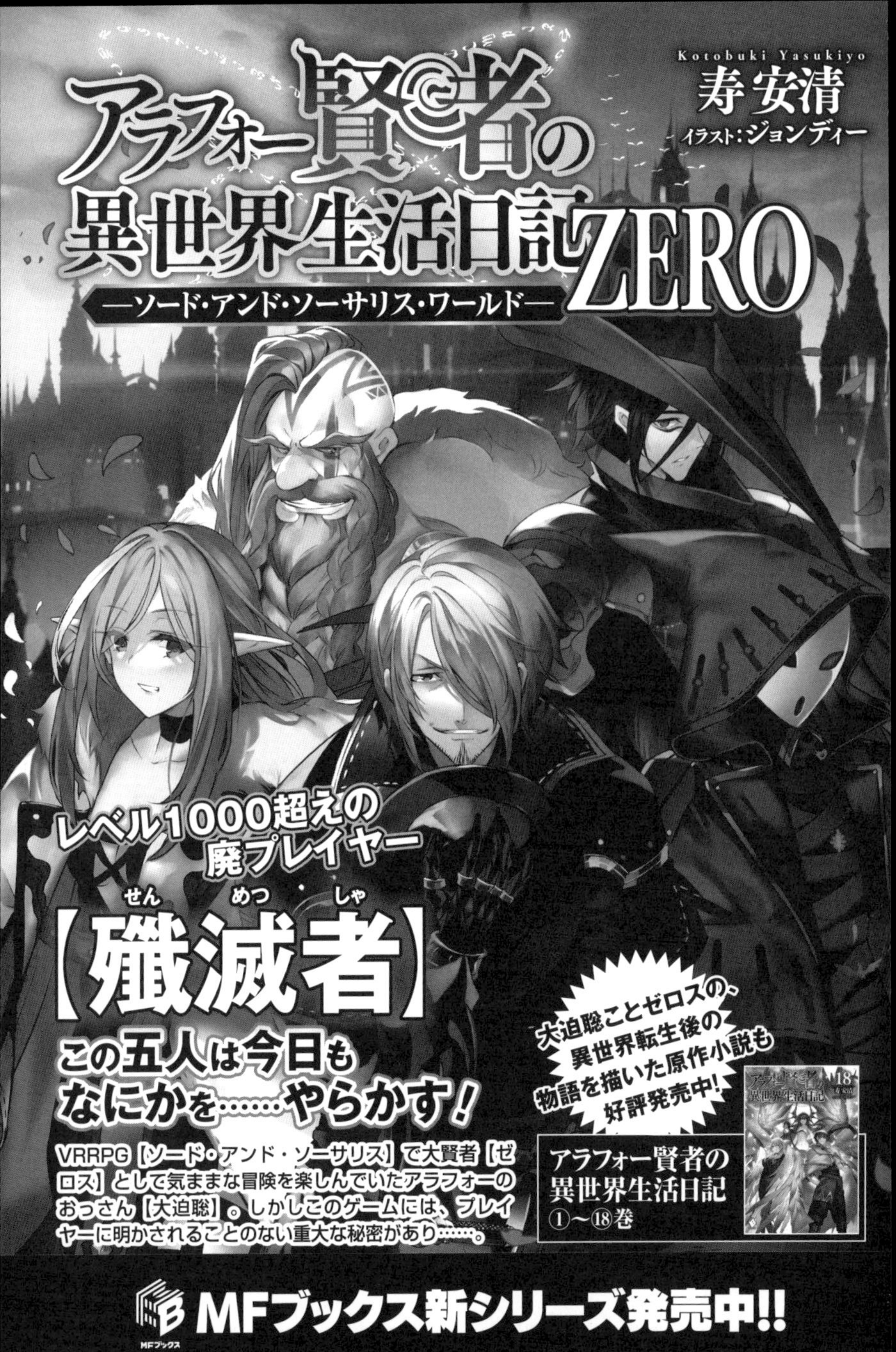

Kotobuki Yasukiyo
寿安清
イラスト：ジョンディー
アラフォー賢者の
異世界生活日記ZERO
—ソード・アンド・ソーサリス・ワールド—
レベル1000超えの
廃プレイヤー
【殲《せん》滅《めつ》者《しゃ》】
この五人は今日も
なにかを……やらかす！
VRRPG【ソード・アンド・ソーサリス】で大賢者【ゼロス】として気ままな冒険を楽しんでいたアラフォーのおっさん【大迫聡】。しかしこのゲームには、プレイヤーに明かされることのない重大な秘密があり……。
大迫聡ことゼロスの異世界転生後の物語を描いた原作小説も好評発売中！
アラフォー賢者の
異世界生活日記
18
アラフォー賢者の
異世界生活日記
①～⑱巻
MFブックス
MFブックス新シリーズ発売中!!

無職転生
～蛇足編～
理不尽な孫の手
Rifujin na Magonote
イラスト：シロタカ
本編の続きを描く物語集、
『蛇足編』開幕！
ビヘイリル王国での決戦の末、勝利した
ルーデウス・グレイラット。
彼を取り巻く人々のその後を描く物語集
『蛇足編』が開幕！
シリーズ第1巻ではノルンの結婚話
『ウェディング・オブ・ノルン』、
ルーシーの初登校を描く
『ルーシーとパパ』、
ドーガとイゾルテの婚活話
『アスラ七騎士物語』に加え、
ギレーヌの里帰りを描く書き下ろし短編、
『かつて狂犬と呼ばれた女』の四編を収録。
人生やり直し型転生ファンタジー、
激闘のその後の物語がここに！
MFブックス新シリーズ発売中!!
MFブックス

MFブックス既刊

神様のミスで異世界にポイっとされました　～元サラリーマンは自由を謳歌する～　①～③
著：でんすけ／イラスト：長浜めぐみ
誰にも邪魔されず、我が道をゆく元サラリーマンの異世界放浪記！

食料生成スキルを手に入れたので、異世界で商会を立ち上げようと思います　①～②
著：slkn／イラスト：もやし
異世界転移したサラリーマン、夢だった商会運営を頑張ります！

使い潰された勇者は二度目、いや、三度目の人生を自由に謳歌したいようです　①～②
著：あかむらさき／イラスト：かれい
二度目の人生で酷使された勇者、三度目の人生こそ自由な生活を送りたい！

薬草採取しかできない少年、最強スキル『消滅』で成り上がる　①～②
著：岡沢六十四／イラスト：シソ
万年F級冒険者、ギルドを追放されて本領発揮！

攻撃魔術の使えない魔術師　～異世界転性しました。新しい人生は楽しく生きます～　①～②
著：絹野帽子／イラスト：キャナリーヌ
攻撃魔術が使えなくても、貴族令嬢はやっていけます！

辺境の錬金術師　～今更予算ゼロの職場に戻るとかもう無理～　①～③
著：御手々ぽんた／イラスト：又市マタロー
救国の英雄となったルストに新たな問題がふりかかる!?

くたばれスローライフ！　①～②
著：古柴／イラスト：かねこしんや
これはスローライフを憎む男のスローライフ！

最低キャラに転生した俺は生き残りたい　①～②
著：霜月雹花／イラスト：キッカイキ
最低キャラで悪に堕ちる3年後までに、転生者はゲーム知識で運命に抗う！

サムライ転移～お侍さんは異世界でもあんまり変わらない～　①～②
著：四辻いそら／イラスト：天野　英
異世界を斬り進め！

赤ん坊の異世界ハイハイ奮闘録　①
著：そえだ信／イラスト：フェルネモ
不作による飢餓、害獣の大繁殖。大ピンチの領地を救うのは、赤ちゃん!?

理不尽に婚約破棄されましたが、雑用魔法で王族直系の大貴族に嫁入りします！　①
著：藤森かつき／イラスト：天領寺セナ
雑用魔法で大逆転!?　下級貴族令嬢の幸せな聖女への道♪

左遷されたギルド職員が辺境で地道に活躍する話　①
著：みなかみしょう／イラスト：風花風花／キャラクター原案：芝本七乃香
『発見者』の力を持つ元冒険者、頼れる仲間と世界樹の謎に挑む――！

名代辻そば異世界店　①
著：西村西／イラスト：TAPI岡
一杯のそばが心を満たす温かさと癒やしの異世界ファンタジー